Yasmina Khadra

L'automne
des chimères

Gallimard

À Helga Anderle
Beate Bechter-Burtscher
et Guy Dugas.

Aux absents,
à la femme,
au soldat et au flic de mon pays.

I

Je vais te vomir par ma bouche (...) : C'est toi qui es malheureux, pitoyable, pauvre, aveugle et nu.

Apocalypse 3.20

De tous les génies de la terre, les nôtres sont les plus offensés. Parents pauvres de la société, persécutés par les uns, incompris par les autres, leur existence n'aura été qu'une dramatique cavale à travers les vicissitudes de l'arbitraire et de l'absurdité. Ceux qui ne périront pas par le fer, mourront d'ostracisme et de dépit. Ils échoueront soit à l'asile, soit sur un terrain vague, la tête dans une couronne d'épines et les veines ravagées par l'alcool. La levée de leur corps sera la seule fois où on les élèvera au rang du fait divers. Ils n'auront, pour tout mausolée, qu'une tombe rudimentaire au cimetière du coin, et, pour unique gloire, que le culot d'avoir eu du talent à l'heure où le mérite revenait exclusivement à ceux qui en étaient totalement dépourvus.

Arezki Naït-Wali est un génie. La preuve, il se terre dans un cul-de-sac au fin fond de Bab El-Oued, enseveli sous les piaillements des mioches et le linge des familles nombreuses.

Sous d'autres cieux, il aurait probablement brillé de mille soleils. Chez lui, il relève de la nuit.

Un immeuble sordide, une cage d'escalier aux allures de vespasienne, et le numéro 13 s'ouvre sur un vieillard miteux, grelottant comme de la gélatine.

Arezki a le visage tragique des intellectuels d'Algérie. C'est juste un spectre blafard avec deux yeux pour vous fendre le cœur et des mains de supplicié.

— Comment tu as fait pour me retrouver ?

— J'ai demandé aux intégristes.

Il sourit, et son nez en berne manque de lui voiler la bouche. Il s'écarte devant moi, pareil à une tenture avachie. Si j'avais à choisir entre descendre en enfer et découvrir la misère que je viens de profaner, je n'hésiterais pas une seconde — pour le repos de mon âme — à me faire damner pour l'éternité.

— Ma femme de ménage est souffrante, ment-il pour sauver la face.

Je ne trouve rien à dire pour sauver la mienne.

Mon silence nous gêne tous les deux. Il regarde autour de lui, comme pour retrouver ses repères, décèle un balluchon dans un recoin sinistré, le ramasse d'un geste furtif et me signale qu'il est prêt.

Je hoche la tête et lui dis :

— Je t'attends dans la voiture.

Nous avons traversé la ville sans nous en rendre compte. Moi, tambourinant nerveusement sur mon volant. Lui, tenant à brassée son balluchon. Pas une fois il ne s'est intéressé aux foules déboussolées sur les trottoirs, ni aux chauffards qui nous doublaient dans d'épouvantables slaloms. Il se tient ramassé sur son siège, le regard collé au pare-brise, les lèvres cicatrisées. Malgré la fournaise de l'été, il n'a même pas songé à rabaisser la vitre. Je ne sais pas pourquoi, le voyant ainsi, j'ai soudain le sentiment d'en vouloir au monde entier.

Au bout d'une heure de route, alors que nous nous engageons sur la chaussée de toutes les per-ditions — c'est-à-dire loin des voies sécurisées —, je l'entends relâcher son étreinte autour du ballu-chon. Je guette du coin de l'œil sa réaction. Je m'attendais à le voir cogner sur le tableau de bord ou défoncer le plancher à coups de pied — pas le moindre geste brusque. Seule sa pomme d'Adam remue dans son cou pelé puis, quelques secondes après, sa voix arrive dans un gargouillis pathé-tique :

— Il a souffert ?

— D'autres ont connu pire.

Sa respiration cafouille un instant, se discipline.

— Je te demande s'il a souffert ?

— Il ne souffre plus, maintenant.

— Balles ?

— C'est pas ça qui va le ramener.

Brusquement ses mains s'abattent sur le volant et m'obligent à me ranger en catastrophe sur le bas-côté.

— Je veux savoir.

Je le repousse furieusement sur son siège.

— Que veux-tu savoir, Arezki Naït-Wali ? Tu ne lis pas la presse, n'allumes pas ta radio ? Nous sommes en guerre. Ton frère est mort, un point, c'est tout.

Il se recroqueville autour de son balluchon, se remet à fixer le pare-brise. Pendant une minute, il tente d'interdire les frémissements sur la pointe de son menton.

— Je ne tiens pas à l'apprendre au village, Brahim. C'est important, pour moi, de le savoir tout de suite.

Il y a une telle souffrance dans son soupir que ma main court d'elle-même soutenir la sienne.

Je prends mon courage à deux bras et lui dis :

— Arme blanche.

J'ai cru percevoir la déflagration que je viens de provoquer au tréfonds de son être. Lentement, il rétrécit, se fait si petit que j'ai l'impression de pouvoir le contenir de la tête aux pieds dans le creux de ma main.

— Purée ! gémit-il en se renversant contre le dossier.

Et il se met à pleurer.

*

L'enterrement a lieu au vieux cimetière d'Igidher. Beaucoup de gens ont tenu à accompagner le défunt à sa dernière demeure. Ils sont venus des quatre coins de la contrée. Des vieillards dignes, des hommes graves, des jeunes visiblement traumatisés.

Idir Naït-Wali ne passait pas pour un notable. C'est vrai qu'il avait pour frère l'un des plus grands peintres du pays, c'est vrai que son nom élevait la tribu au rang des nations, mais, en philosophe conscient de l'impudence des vanités, il avait choisi de rester ce personnage valétudinaire et discret que furent son père, son grand-père et ses ancêtres ; berger par vocation, rêveur impénitent, artiste à ses heures perdues et guerrier à son corps défendant. Constamment à l'ombre d'un olivier, le turban sur la figure et la flûte à portée du soupir, il disposait d'une vingtaine de brebis qu'il adorait voir paître, d'un petit bout de champ au sortir du village et de la chaleur des siens. Primitif parce que authentique, il égrenait ses jours comme l'autre son chapelet, sans fard ni fanfare, sans trop de conviction, persuadé que le bonheur — tout le bonheur — est une simple question de mentalité.

L'imam dit :

— Le pire tort que l'on puisse faire au bon Dieu est d'ôter la vie à quelqu'un. Car c'est en la vie que réside la plus grande générosité du Seigneur.

A côté de moi, Arezki n'arrête pas de s'essuyer les mains sur les flancs. Il n'écoute pas l'imam, ne perçoit pas les oiseaux en train de s'égosiller dans les arbres loqueteux. De temps à autre, son regard bouleversé échoue sur le corps drapé de blanc de son frère. Alors seulement il ramène ses mains devant lui et ploie d'un cran une nuque qu'il a frêle et ébouriffée.

Dès les premières pelletées de terre sur la dépouille, Arezki s'est éloigné. Je l'ai suivi jusqu'à la route crevassée, puis jusqu'au haut de la colline où, enfant, il venait avec son frère lancer des échos à travers les échancrures du bled. Il a posé le bras sur le tronc d'un figuier, ensuite il a reposé la tête sur le revers de sa main et il s'est oublié ainsi une éternité.

Je n'ai rien trouvé à lui dire.

Nous sommes restés là-haut, suspendus entre le ciel et la terre, silencieux, minuscules, semblables à deux grains de poussière. Autour de nous, à perte de vue, s'étend l'ampleur des dégâts. Je regarde les vergers déshydratés, les mamelons chauves et les rivières fantomatiques en train de façonner leur propre déréliction. Au pied de la montagne, retranché derrière ses gourbis, Igidher se faisande au soleil, aussi impénétrable que les voies du Seigneur. Mon bled n'est plus qu'une immense douleur... Je suis né ici, il y a très longtemps. On appelait cette époque le temps des colonies. Les champs d'alors étaient si immenses qu'au-delà de la montagne, me semblait-il, commençait le néant. Le blé atteignait mes épaules, pourtant j'avais faim tous les jours et j'avais faim toutes les nuits. Je ne comprenais *déjà* pas, mais je m'en moquais : j'avais la chance d'être un enfant.

Lorsque le vol d'une libellule me faisait pousser des ailes et que mes éclats de rire s'égouttaient dans le clapotis des fontaines, lorsque je courais comme un fou parmi les fougères, quand bien même chaque foulée frondait mes pas, je savais que j'étais né poète comme l'oiseau naît musicien, et à l'instar de l'oiseau, il me manquait juste les mots pour le dire.

Aujourd'hui encore, *je ne comprends pas*. Je marche à tâtons en pleine lumière. Mes lauriers d'affranchi ne me sont qu'œillères. Mon regard de prophète ne retrouve plus ses repères. Peu fier de l'adulte que je suis devenu, je guette ma vieillesse comme l'autre l'huissier puisque toute chose en ce monde ne me fait plus rêver.

*

La nuit sécrète sa bile sur le vieux pays des Naït-Wali. Avant, c'était un moment folklorique. Les étoiles étaient à portée de nos mains. Les saints patrons de la dechra veillaient au grain. Il nous suffisait de contempler le feu follet se déhanchant sur le quinquet pour nous réconcilier avec les choses et les êtres. Pauvres sans être malheureux, enclavés mais pas isolés, nous étions une tribu et nous savions ce que ça signifiait. La fascination du lointain, les mirages de la ville, la symphonie des chimères, rien n'égalait le tintement des grelots accrochés au cou de nos chèvres. Nous étions une race d'hommes libres, et nous nous préservions du monde, de ses bêtes immondes, de ses machines et de ses machinations, de ses manifestes et de ses manifestations, de ses investitures et de ses investissements...

Aujourd'hui, le soir confisque nos lumières. Les étoiles pâlissent d'effroi dans le ciel d'Igidher. La bête immonde est là. Dans le silence des maquis, elle se prépare à nous gâcher la vie.

— Tu vas te casser la figure contre un satellite, Brahim.

Je sursaute.

Mohand se laisse choir à côté de moi, son fusil entre les cuisses.

— Reviens sur terre, bonhomme, ajoute-t-il. Ça se passe ici-bas.

Il extirpe un paquet de cigarettes, m'en tend une :

— Une blonde ?

— Non, merci.

Il actionne un briquet, avale avec voracité trois bouffées d'affilée et rejette la fumée par les narines. Loin devant nous, en contrebas de la colline, la bourgade d'Imazighène évoque une colonie de lucioles.

Je déterre un caillou avec la pointe de ma chaussure, le bouscule dans le fossé.

Mohand se retourne vers moi, cherche mon regard. Son haleine avinée se répand sur mon visage.

— Tu t'es remis à renifler le bouchon ?

— Les odeurs du bled ne sont plus ce qu'elles étaient.

— Que s'est-il passé ?

— On l'a trouvé dans son potager, la gorge tranchée.

— On sait qui a fait le coup ?

— On n'a pas besoin de chercher.

— Pourquoi Idir ?

— Il était là, c'est tout. Depuis quelques jours, un groupe de prédateurs a été signalé dans les parages. Il s'est attaqué au premier venu. C'est sa façon de nous dire « coucou ! on est de retour ».

Mohand contemple l'énorme braise au bout de sa cigarette avant de l'écraser sur une pierre. La brise se charge de disperser les flammèches à travers les buissons. Nous nous taisons un instant pour écouter les stridulations de la nuit.

— Tu penses qu'*ils* vont revenir ?

— Nous les attendons de pied ferme.

De nouveau, il cherche mon regard.

— Ça va durer longtemps, cette mascarade, Brahim ?

— Tu me le demandes à moi ?

— Igidher, ce n'est pas Alger. On n'a pas le temps de comprendre, par ici.

— Là-bas, non plus, on ne sait plus à quel diable se vouer. C'est le bordel, Mohand, le plus grand baisodrome du monde.

Il donne un coup de crosse sur le sol.

— Que font nos responsables, bon sang ?

Cette fois, c'est moi qui me retourne vers lui. Ce que je décèle sur son visage émacié me déconcerte. Il a pris un sacré coup de vieux, Mohand. La dernière fois que je l'ai vu, il n'avait pas un seul cheveu blanc. En trois ans, c'est carrément la sénilité. Il compte plus de rides qu'un vieux parchemin et ses yeux, naguère captatifs, sont devenus insoutenables.

— Les responsables ? Quels responsables ? Tu veux parler de ces guignols de l'info, de ces saltimbanques désabusés ? Dans notre pays, Mohand, il n'y a que des coupables et des victimes. Quand tu as un problème, c'est *ton* problème.

Ma brutalité le choque. Il se lève, étreint furieusement son fusil et s'éloigne. Je le regarde rejoindre la piste, le dos voûté, semblable à un spectre désemparé.

À mon tour, je me mets debout, donne quelques claques sur mon postérieur pour chasser la poussière et remonte au patio où les vieillards et les amis tiennent compagnie à un Arezki inconsolable.

*

Les psalmodies ont commencé à s'essouffler vers minuit. Les uns après les autres, les proches quittent la maison, sur la pointe des pieds, un peu honteux de laisser le peintre seul avec son chagrin. Avant de s'en aller en dernier, Mohand s'appro-

20

che de la photo racornie du défunt accrochée au mur. Les commissures de sa bouche se crispent, probablement pour réprimer un accès de colère.

Il dodeline de la tête et dit :

— C'était un *zawali*, un type tranquille, beaucoup plus préoccupé par ses brebis que par sa propre tumeur. Je suis certain qu'il n'a même pas daigné se défendre contre ses assassins.

Je regarde, avec lui, le portrait d'Idir. Célibataire endurci, il tenait à son indépendance plus qu'à tout au monde. C'était une espèce d'ermite, jalousement replié sur lui-même, butinant sa part de bonheur dans la quiétude des clairières. Maintenant qu'il est mort, je me demande s'il a vraiment existé.

Mohand consulte sa montre :

— C'est l'heure de la patrouille. Mes hommes doivent s'impatienter... Vous êtes sûrs de vouloir rester ici ?

— Bonne nuit, lui lancé-je en ôtant significativement mes chaussures.

— Bon, je vous laisse. Je vais disposer trois ou quatre hommes dans les parages au cas où ces cinglés s'aviseraient de retourner sur les lieux de leur crime.

Je lui montre mon gros flingue.

— On est parés.

Mohand opine du chef et se retire en refermant précautionneusement la porte derrière lui.

— Tâche de dormir, grogné-je à Arezki en m'allongeant sur une paillasse.

J'ajuste l'oreiller contre le mur, lui assène un coup de poing pour mon confort, glisse dessous mon 9 mm et passe mes mains derrière la nuque de manière à ne pas quitter Arezki des yeux.

Le maire nous a conviés à passer la nuit dans sa résidence, mais Arezki a tenu à rester dans le taudis de son frère, parmi les meubles antédiluviens, des ouvrages rudimentaires attendrissants d'ingénuité, et l'inconsistance des souvenirs.

— Tu veux peut-être que je te chante une berceuse ?

Arezki me toise longuement.

— Tu ne respectes rien, soupire-t-il.

— Mi-sé-ra-bi-lis-me !... Idir dort, lui. Tâche d'en faire autant. Parce que demain, à la première heure, nous rentrons. Je n'ai pas l'intention de louer une grue pour t'aider à te relever.

Arezki est outré.

— Je ne rentrerai pas.

— Mais si, tu vas rentrer.

— Ma place est ici.

— Sois gentil, dépêche-toi d'éteindre. Cette saloperie d'ampoule me tape sur le système.

Il éteint.

Je ramène le drap sur ma figure, me fais tout petit autour de mes genoux et ne bouge plus.

Il n'y a pas mieux que le noir pour soulager un homme.

— Déjà de retour, commy ?

Lino enlève ses lunettes de soleil pour me dévisager, l'air d'une gerboise découvrant un serpent dans son terrier.

— Tu espérais me voir m'éterniser au bled ?

— Je pensais que tu allais prendre quelques jours pour te ressourcer.

— Avoue plutôt que l'intérim t'a ouvert l'appétit.

Lino referme la porte avec son talon et vient s'écrouler sur la chaise en face de mon bureau. Il essuie ses lunettes sur sa chemise avant de les remettre.

— Comment ça va, au bled ?

— Au train où vont les choses.

— Et ton copain, l'artiste ?

— Il a très mal pris le coup. J'ai dû le ramener dans une camisole de force. Il aurait fait une cible de choix, là-bas.

— Pas d'incident sur la route ?

— On a eu de la chance. La prochaine fois, je prendrai une escorte.

— Je vois.

Lino scrute ses ongles, les sourcils bas. Tout de suite, son manque d'enthousiasme m'intrigue. Je comprends que quelque chose est arrivé durant mon absence.

Je pousse le téléphone sur le côté pour coincer le regard fuyant du lieutenant. Il se détourne et fait mine de s'intéresser aux notes de service tapissant le mur.

— Vas-y, mine de rien, l'encouragé-je. Je suis vacciné.

Ses lèvres se ramassent autour d'un cul de poule. Pendant cinq secondes, il se triture les doigts, incapable de trouver par quel bout prendre la bête.

— Je n'ai été absent que deux jours, m'énervé-je. Tu ne vas pas me faire croire que j'ai raté l'essentiel de ma carrière en si peu de temps.

Il remue ciel et terre pour m'affronter.

Sa voix vacille :

— Tu n'es pas au courant ?

— Ça dépend de quoi.

— Il y a un pli, à ton attention, au secrétariat du patron.

— À t'entendre, on dirait qu'il s'agit de mon permis d'inhumer.

— C'est à peu près ça.

Je sens mes tripes s'enchevêtrer inextrica-
blement.

Lino se remet à se martyriser les doigts. Ses
pommettes tressautent tandis que ses lèvres olivâ-
tres frémissent d'une manière déplaisante. Le téléphone sonne brusquement, me tétanisant de la
tête aux pieds. En décrochant, je m'aperçois que
ma main tremble.

Au bout du fil, la voix nasillarde du dirlo manque de m'achever.

— Brahim ?
— Oui, monsieur le directeur.
— Tu as une minute ?
— Tout de suite, monsieur.

Je m'y suis repris à deux fois pour raccrocher
convenablement.

Gêné par mon malaise, Lino entreprend de découvrir des défauts à ses lunettes de pacotille.

— C'est parti, bredouillé-je.
— Je crains que oui, fait-il navré.

Je ramasse ma veste et file par le couloir. Devant moi, le personnel s'écarte sur mon passage
comme devant un cortège funèbre. Je n'ai pas besoin de me retourner pour les surprendre en train
de se signer.

À partir du deuxième étage, mes jambes me
lâchent. Je dois m'agripper à la rampe pour conti-
nuer de monter. Je me suis préparé au pire, pourtant. Maintenant qu'il est là, c'est la panique.

Le directeur a maigri. Il y a trois jours, il se

25

portait comme un charme. J'en déduis qu'il en a eu pour son grade.

Sa face livide accentue mon désarroi.

De loin, il me désigne un siège d'un geste laminé. Je m'installe dans un fauteuil, la gorge aride, les oreilles fumantes.

— Tu t'es mis dans de sales draps, Brahim, lâche-t-il sentencieusement. Et je ne connais pas de lessive susceptible de te les nettoyer.

J'essaie de froncer les sourcils, n'y arrive pas. Mes cordes vocales menacent de voler en éclats au moindre gargouillis. Je me contente de croiser les mains quelque part et d'attendre le déluge.

Le directeur ramasse un feuillet et me le jette quasiment à la figure. Je saisis le bout de papier au vol, le parcours sans parvenir à déchiffrer son contenu.

— Tu es convoqué chez le grand manitou, m'aide-t-il. Tu as de fortes chances d'y laisser la totalité de tes plumes.

Je déglutis convulsivement.

Il ajoute sur un ton chargé de reproches :

— Tu es une tête de mule, commissaire. Je t'avais prévenu.

— C'est tout, monsieur ?

— À ton avis ?

Je repose le papier sur le bureau et me lève.

Il se lève à son tour, me raccompagne jusqu'à la porte. Là, il me saisit par l'épaule et me confie :

— Je ne sais pas si c'est dans mes cordes désormais, mais je tiens à ce que tu saches que je ne laisse pas tomber mes gars aussi facilement.

Je hoche la tête et m'éloigne avec le sentiment de m'effilocher au gré de mes pas le long d'un couloir aux perspectives troublantes.

À Alger, dès que vous quittez votre bureau ou votre gourbi, déjà vous êtes en terre hostile. N'essayez pas de sensibiliser le chauffeur de taxi, n'espérez pas attendrir le guichetier, n'insistez pas auprès du portier — c'est un miracle qu'il vous ait entrevu. Partout où vous trimballez votre déprime, vous avez le sentiment d'être un pestiféré. Aucune prévenance ne vous accueillera. Nulle part sourire ne vous réhabilitera. Par contre, vous avez droit au même mot péremptoire, expéditif — Ouais ! — au même froncement de sourcils qui vous déculotte d'emblée si bien qu'à l'usure, avant de vous hasarder dans un établissement, vous êtes amené à accrocher votre dignité aux vestiaires et à dérouler votre fierté à hauteur des paillassons puisque, là où vous échouez, il vous est recommandé de vous écraser.

C'est donc en initié qu'en franchissant le parvis de la Délégation je me livre stoïquement à l'arrogance des plantons, ensuite aux inimitiés des gars de la sécurité, puis au mépris des sous-fifres.

Après avoir été passé au peigne fin, on me bouscule dans une sorte d'*in pace* et on m'y néglige des heures durant, sans une tasse de café, sans un mot. Il n'y a même pas de cendrier pour s'en griller une, histoire de tenir le coup. C'est un réduit de deux mètres carrés voilé de grisaille, avec un plafond bas et sans fenêtre ; de quoi inciter un animal à se mordre la queue jusqu'à ce que mort s'ensuive.

Le directeur de cabinet ne consent à se souvenir de mon martyre que lorsque j'ai commencé à mijoter comme un ragoût dans ma veste de veilleur de nuit.

— Par ici, monsieur Llob, m'invite un secrétaire avec la courtoisie du bourreau montrant le chemin de l'échafaud à un gibier de potence.

Une porte haute comme une tour s'écarte sur une salle immense pavoisée de trophées, d'armoiries et de tableaux gigantesques. Dans ma tête, c'est une trappe qui bâille sur l'étendue de ma perdition. J'ai failli me déboîter la cheville sur le tapis. Non pas à cause de la terre battue que je racle à longueur de journée, mais simplement parce que je n'arriverai jamais à me familiariser avec les marécages des hautes sphères.

Monsieur Slimane Houbel trône derrière son tableau de bord encombré de gadgets téléphoniques, de cartes de vœux et de dossiers tape-à-l'œil — car il faut bien faire croire aux visiteurs qu'un haut fonctionnaire a constamment du pain sur la planche et qu'il n'est pas près de se soustraire au pétrin.

Il commence par desserrer le nœud de sa cravate, déploie ses ailes de rapace et reste un moment méditatif, semblable à un dieu qui ne comprend pas pourquoi soudain le monde qu'il crée lui échappe.

De mon côté, je ne rame pas large. À chaque fois que je me tiens devant un supérieur, j'ai la fâcheuse impression d'avoir gravement fauté quelque part. Malgré une réputation somme toute honnête, un sentiment de culpabilité m'émascule et je me surprends à me faire tout petit, voire émouvant d'humilité.

Monsieur Houbel décèle, dans mon regard, un fléchissement intérieur, s'en inspire et, sans me désigner un siège, il pousse dans ma direction un livre.

— C'est quoi ça, commissaire ?

Je déglutis sans parvenir à me débourrer le gosier. Après un effort titanesque, je m'entends chuinter :

— Un bouquin, monsieur.

— Vous appelez bouquin cette substance fécale ?

Cette fois, ma pomme d'Adam déconne. Elle se coince au niveau de mon palais et refuse de décrocher.

Slimane Houbel retrousse les lèvres avec le sans-gêne d'une bourrique relevant la queue.

Longuement, il me toise de la tête aux pieds, hésitant entre me cracher dessus ou me transformer en serpillière.

— Vous prenez-vous sérieusement pour un romancier, monsieur Llob ?

Avec le bout du doigt soigneusement manucuré, il repousse mon ouvrage[1] comme s'il s'agissait d'une immondice :

— Ce pamphlet grotesque n'a d'égale que la bassesse de son auteur. En vous évertuant à ridiculiser votre société, vous n'avez réussi qu'à appauvrir le peu d'estime que je croyais avoir pour vous.

— Monsieur...

— Silence !

Une éclaboussure de sa salive m'atteint sous l'œil.

Il se lève. Sa carrure de bien-nourri me domine, m'efface de son ombre. C'est le patron. Et chez nous, le pouvoir ne s'évalue pas en fonction des compétences. Sa véritable unité de mesure réside dans le degré de menace qu'il exerce.

Une lampe clignote sur sa gauche. Il appuie sur un bouton et braille dans un micro :

— Je ne suis là pour personne, Lyès. Pas même pour le Raïs.

Rien que ça !

Le parterre vibre lorsqu'il contourne le bureau

---

1. *Morituri*, Éditions Baleine, 1997, Folio Policier n° 126.

pour venir me détailler de plus près. Il a beau s'encenser au Dior, son haleine manque de m'assommer.

— J'espère ne rien vous apprendre en vous disant que le dernier des cancres situerait votre gribouillage au stade anal de la littérature, monsieur Llob. Votre exercice de style relève beaucoup plus de la masturbation pédantesque que d'une réelle impulsion intellectuelle. Vous ne méritez même pas que l'on vous qualifie de scribouillard.

Là, il est en train de m'en mettre plein la vue. Ça fait partie de ses prérogatives.

Chez nous, quand bien même vous êtes un foudre de guerre, lorsque vous êtes hiérarchiquement subordonné, vous êtes censé l'être de galons et d'esprit. Vos talents *se doivent* de ne pas péter plus haut que vos talons.

Je regarde le despote : un pur avorton de la république des tsars ; jeune, riche, les épaules assez larges pour recevoir toute la manne céleste, jamais en danger, jamais en manque, chaque doigt dans une magouille, une suite dans chaque palace et des pieds pour vous marcher dessus.

Et moi, Brahim Llob, monument de loyauté mais géant aux pieds d'argile, sénile à cinquante-huit ans, tantôt estrade, tantôt escabeau, consommant mes nuits dans des tacots froids et mes jours sur des stands de tir, je reste là, au garde-à-vous, à me faire savonner comme un clébard, moi qui risque allègrement ma peau tous les jours que

Dieu fait pour que de faux jetons imbus et ingrats continuent de sévir en toute impunité.

Slimane Houbel a le temps de repérer un grain de poussière sur sa chemise. Il mouille le doigt sur le bout de sa langue et entreprend de le nettoyer laborieusement, comme il sied aux forcenés.

Il grommelle :

— Monsieur le Délégué m'a chargé de vous transmettre tout l'écœurement que la lecture de votre torchon a suscité en lui. N'étaient-ce vos nombreuses années de service et votre passé de maquisard...

— Monsieur Houbel, fais-je excédé, pourquoi m'avez-vous convoqué ?

Il a un haut-le-corps, monsieur le chef de cabinet. Ses sourcils s'entremêlent et ses narines remuent comme un nid de fourmilion.

— D'après vous, commissaire, pourquoi êtes-vous ici ? Avions-nous, autrefois, gardé les vaches ensemble ?

— Justement.

Il constate que je suis en train de négocier un redressement, en est un tantinet désarçonné.

Pour esquiver mon regard, il tape sur le livre :

— Pourquoi cette saloperie ?

— Ce n'est pas une saloperie.

— C'en est une. Une belle saloperie, avec tous les ingrédients de l'inconvenance et de la stupidité.

— J'ai des comptes à vous rendre en tant que flic, pas en tant que romancier.

— Taisez-vous !

Un millimètre, et ses giclées de bave m'éborgnaient.

J'ai entendu tonner les canons de l'artillerie ; le cri de Slimane Houbel est largement plus performant : il a l'impact dissuasif de l'abus d'autorité.

Il renifle bruyamment pour contenir sa fureur. Ses yeux sont sur le point de me sauter dessus.

— Je vous rappelle que vous êtes fonctionnaire de l'État et, par conséquent, soumis à des obligations de réserve. Nous vous avons autorisé à publier vos âneries, cependant nous ne saurons tolérer des égarements de cette nature. Vous êtes allé trop loin et vous vous êtes mis pas mal de monde sur le dos. Personne n'aimerait être à votre place pour tous les lauriers de la terre.

Ses traits cramoisis lui confèrent une expression insoutenable.

— Votre machin est une infamie, une honte. J'ai toujours su que vous n'étiez qu'un phraseur déconnecté, un écrivaillon zélé, mais de là à vous soupçonner d'une telle foutaise !... Je suis convaincu — inconscient que vous êtes — que vous ne vous rendez même pas compte de la portée de vos élucubrations.

L'écume blanchâtre et élastique s'épaissit aux coins de sa bouche et sa mauvaise haleine se répand dans la salle, viciant les encoignures.

— Ce n'est pas parce que vous êtes un frustré d'incompétent rechignard que vous pouvez vous arroger le droit de médire de vos responsables et de traîner votre pays dans la boue. Vous êtes bien placé pour savoir ce qui est vrai, et ce qui ne l'est pas. Certes, il nous arrive de gaffer, seulement nous gaffons par inadvertance, et non par vocation. Le bled n'est pas tout à fait sur les rails. S'il chavire par endroits, ça ne veut pas dire qu'il dérape. À l'instar des jeunes nations en quête de leur salut, nous sommes condamnés à essuyer des revers, à accumuler les maladresses. De cette façon, nous nous instruisons. Les grandes puissances ont emprunté ce chemin. Leur mérite est d'avoir eu la force de surmonter les épreuves, de les assumer...

Le problème, avec les éleveurs de totems, est qu'ils s'obstinent à croire qu'avec un seul arbre ils peuvent et cacher la forêt et décourager les braconniers.

— Monsieur...

— Taisez-vous ! Vous n'avez ni le poids du martyr, ni l'étoffe du héros, commissaire. Vous êtes en deçà du ridicule qui caractérise vos personnages. Si vous nous trouvez une piètre figure, tâchez de nous insuffler un peu de votre droiture, peut-être nous aiderait-elle à redresser la barre et à reprendre du poil de la bête. Nous sommes un peuple épuisé, déconcerté, déçu. Il nous déplairait de ne disposer, parmi notre élite, que de défaitistes. Nous avons besoin de croire en notre étoile, de nous abreuver dans sa lumière. Le dénigrement ne nous épate pas. Nos sautes d'humeur ne s'y prêtent plus.

Il se rend compte que mon bouquin s'est émietté dans ses mains, dodeline de la tête comme font les sultans devant l'ingratitude de leurs eunuques et s'affaisse subitement :

— J'ai du chagrin pour vous, commissaire... Monsieur le Délégué m'a chargé aussi de vous informer que vous êtes, à partir d'aujourd'hui, en instance de mise à la retraite... Maintenant, disparaissez de ma vue.

La schizophrénie du chef n'excusant pas la mutinerie, je claque des talons, pivote et m'apprête à m'en aller.

— Commissaire !

Je me retourne.

Il braque son doigt sur ma poitrine :

— Le proverbe stipule : « Va bon train qui chausse à sa juste pointure. »

— Il est de moi, monsieur.

Il a l'air de s'être coupé le doigt sur la dernière gerbe.

Ce n'est qu'en débouchant rue Larbi Ben M'hidi que je me suis souvenu de ma voiture oubliée dans le parking de la Délégation. J'ai dû réquisitionner un taxi pour retourner la récupérer. Une fois derrière le volant, j'ai pris conscience de l'extrême gravité de ma solitude. Mina et les gosses sont toujours à Béjaïa, les rares amis que j'ai ont d'autres chats à fouetter et, dans la déconfiture naissante, nulle part je ne me découvre le culot de retourner chercher mes affaires au bureau. D'un coup, Alger me paraît aussi insondable qu'un monde parallèle.

J'ai roulé, roulé à travers les rues chauffées à blanc, les yeux hagards, la tête creuse, sourd aux tintamarres alentour, incapable de déterminer mes coordonnées.

— T'es daltonien ou quoi, connard ? gueule un chauffeur de poids lourd en me montrant que le feu était passé au vert.

Sa voix me parvient à travers d'interminables

filtres. Je m'embrouille avec le levier de vitesses, cale à plusieurs reprises. Le temps de rectifier la procédure, le feu vire au rouge. Je démarre sur les chapeaux de roue, déclenchant une effroyable chorale de klaxons et de jurons obscènes... *Va bon train qui chausse à sa juste pointure*, dit la voix dans ma tête... *Je t'avais prévenu*, renchérit une autre, nasillarde... *Taisez-vous*... Les voix se rattrapent, se bousculent, m'assiègent, martèlent mes tempes, me traquent au plus profond de mon être... *À t'entendre, on dirait qu'il s'agit de mon permis d'inhumer... C'est à peu près ça... Monsieur le Délégué m'a chargé de... écœurement...*

Crissement de pneus : je me réveille, une dame à deux centimètres de mon pare-chocs. Elle me considère avec des yeux énormes et se dépêche de traverser la chaussée, son sac de provisions frileusement serré contre sa poitrine.

La nuit me surprend sur le front de mer, effondré sur une rampe, à pourchasser mes pensées à travers les lumières du port. Une patrouille de police, que je n'ai pas vue arriver, se déploie silencieusement autour de moi, les pistolets mitrailleurs à l'affût du moindre geste brusque. Un brigadier promène sa torche sur mon visage avant de me demander mes papiers.

— Il ne faut pas rester ici, commissaire, me recommande-t-il. Un véhicule suspect est signalé dans le secteur.

— Quelle heure est-il ?

— Il se fait tard. Rentrez chez vous.

Je le remercie et regagne ma voiture.

À peine arrivé devant la porte de mon appartement, le téléphone se met à sonner. Je me dépêche sans savoir pourquoi. Au bout du fil, la voix enrouée de Dine m'apostrophe :

— Ça fait un bail que j'essaie de te joindre.

— Les nouvelles vont vite, dis donc.

— Les mauvaises, surtout. Où étais-tu passé ?

— Je prenais mon mal en patience.

— Je n'aime pas t'entendre parler de cette façon, Brahim. Je compte sur toi pour garder la tête froide.

— Je vais la mettre tout de suite dans le frigo, lui promets-je.

— On se voit demain ? Je suis au café En-Nasr à partir de dix heures. Si tu penses qu'un ami est fait pour les coups durs, tu sais au moins où tu peux le trouver.

— C'est gentil.

Je raccroche.

En me débarrassant de ma veste, je me rends compte que je n'ai rien avalé depuis le matin. Je trouve du pain et du fromage dans le buffet, me confectionne un café de circonstance et vais me torturer davantage dans le salon. Je m'installe dans un fauteuil, face à la fenêtre. À travers les vitres poussiéreuses, j'assiste les hauteurs de la ville suspendues dans leurs limbes. Alger n'inspire plus les noctambules. Ses nuits sont hantées. Elles ne croient plus aux soirs qui se prostituent aux insomniaques mal lunés, ne fait pas confiance aux accalmies qui n'ont pas de suite dans les idées...

Un tintement de vaisselle me réveille. Je m'étais assoupi dans le fauteuil. Lino est là, sur le canapé d'à côté, en train de déguster une tasse de café tout en m'observant curieusement.

— Comment tu as fait pour entrer ?

— Le plus simplement du monde : tu as oublié de refermer ta porte.

— Rien que ça !

Il repose la tasse sur la table basse, se penche sur les cernes autour de mes yeux. Il est soûl comme une bourrique.

— Si jamais tu es foutu à la porte, je leur rends leur insigne, dit-il en signe de solidarité.

— J'ai pas les moyens de m'offrir un chauffeur.

— Je ne me fais pas de souci de ce côté. Les talents, les compétences, les scrupules sont devenus caducs. Le seul critère promotionnel qu'ils ont daigné nous laisser est la magouille. Et je ne vais pas me gêner.

Lino ne pense pas ce qu'il dit. C'est mon disciple. Je l'ai élevé conformément à la sunna et aux recommandations des hadiths certifiés. S'il se laisse aller ainsi, c'est parce qu'il souffre. C'est sa façon à lui de s'insurger.

Je le repousse gentiment et vais me changer.

À mon retour, je le trouve debout, le nez dans le carreau et les mains tressées dans le dos. Je le rejoins pour lui taper sur l'épaule, histoire de lui mentir un peu, de lui faire croire que Brahim Llob est coriace, qu'il saura triompher de ses déconvenues. Il se retourne pour lire dans mes yeux. Son front se plisse de consternation. Je comprends que la contenance, que je me tue à me donner, doit manquer bougrement de conviction.

— Qu'est-ce que tu as l'intention de faire ? me demande-t-il, une boule dans la gorge.

— Réfléchir.

— Dois-je en déduire que je dois te laisser seul ?

— Je serais fier de toi.

Il considère la pointe de ses souliers.

— Cette histoire m'a pris au dépourvu. Je n'arrive pas à la gérer comme il faut.

— Ce n'est pas la fin du monde, Lino.

Il hoche la tête.

— Sache que je suis à l'appel à n'importe quel moment.

— Je m'en voudrais d'en douter.

Il salue d'une main hésitante et s'en va.

*

Comme à chaque fois que je perds le nord, je me surprends à mettre le cap sur Da Achour. C'est mon sédatif à moi. Je le trouve sur sa véranda, paisiblement répandu sur sa chaise à bascule, la chemise ouverte sur son ventre éléphantesque et le chapeau de paille enfoncé jusqu'aux oreilles. En me voyant débarquer avec ma mine défaite, il se penche sur sa radio pour baisser le son et se prépare à m'accueillir en vrac.

Je m'assois sur un tabouret à côté de lui et laisse mon regard voltiger parmi les vagues moutonneuses. Il y a du monde sur la plage. Les cris des enfants traquent ceux des mouettes à travers un ciel lustral. Pour en mettre plein la vue aux demoiselles faussement inattentives à l'ombre des parasols, quelques jeunes baigneurs s'aventurent loin dans les flots en se foutant royalement de la panique des maîtres nageurs. Sur les rochers aux coups de gueule de geysers, des pêcheurs à la ligne s'évertuent à piéger un poisson bien rétif. C'est l'été algérien, avec ses hauts et ses bas, mais déterminé à ne point faire de concessions. Si je devais coucher sur une toile l'essence même de la vie, elle aurait sans conteste les couleurs de cette trêve.

— Je t'ai attendu hier, me fait Da Achour du bout des lèvres.

— Tu es donc au courant ?

— Il n'y a plus de secrets. Tout a l'air de se jouer en différé.

Il retrousse paresseusement le bord de son chapeau pour me dévisager.

— Ça va ?

— J'assume.

— C'est bien. Les eaux croupissantes de l'étang

n'ont jamais réussi à altérer la pureté du nénuphar.

— Elles ne l'élèvent pas, non plus, au rang des
couronnes.

— Il n'a que faire des couronnes, sa majesté lui
suffit.

Je dodeline de la tête.

Il ajoute :

— Je me suis fait du souci à ton sujet.

— Tu craignais que je me tire une balle dans la
tronche ?

— Tu es tellement imprévisible.

Un gros ballon atterrit non loin de la véranda.
Deux gosses craintifs viennent le chercher en nous
surveillant du coin de l'œil. Mon sourire les fait
déguerpir plus vite qu'une grimace de croque-mi-
taine.

— A ton avis, j'ai fait une bêtise ?

— Si tu doutes de toi-même, c'est que tu ne
vaux pas un clou.

— Je ne doute pas.

Da Achour relève complètement son chapeau
et se trémousse péniblement pour me faire face.

— Un poète, ça ne fait pas de bêtise. Ça dévoile
celle des autres. Forcément, ça fait des mécon-
tents. J'ai lu ton bouquin. Ça vaut la peine, fais-
moi confiance.

— Ils m'ont foutu à la porte. Après trente-cinq
ans de corps à corps avec les imbéciles. Trente-
cinq années à subir toutes sortes de vexations, à

croire dur comme fer à l'ordre, aux principes, à la loyauté malgré les mensonges, les manœuvres démagogiques, les saloperies. J'allais demander ma mise à la retraite, mais cette foutue guerre m'est tombé sur les bras. J'ai pensé qu'un brave n'abandonne pas le navire quand il menace de chavirer, qu'il doit se démerder pour redresser la barre. Et puis, un matin, on te montre la petite porte et on te somme de disparaître, comme ça, sans te ménager...

— C'est parce qu'*ils* ne savent pas ce qu'*ils* font. Le monde se dépoétise. Les beautés toutes simples de naguère n'interpellent personne. Il n'est de drame que dans la faillite, de foi qu'en l'investissement. L'homme n'a plus de conscience, mais seulement des idées fixes : pognon-oseille-fric ; pognon-oseille-fric ; pognon-oseille-fric... Il est persuadé que les valeurs fondamentales dépendent exclusivement du baromètre boursier. C'est pour cette raison que la mort d'un érudit, l'incendie d'une bibliothèque ou l'assassinat d'un artiste l'émeut beaucoup moins qu'un mauvais placement.

— Si je te suis bien, je dois m'aligner, moi aussi.

— Pas du tout. C'est justement là que tu interviens.

— En trouble-fête...

— Le poète n'est pas un pyromane, son chagrin seul est crémation. Ton bouquin est dans le vrai. C'est ce qui compte par-dessus tout. Le reste : les emmerdes, les polémiques, les menaces, enfin toute cette gesticulation angoissante que tu soulèves, ne doit pas t'intimider. Cette guerre horrible a au moins l'excuse de nous révéler à nous-mêmes d'abord, ensuite au monde. Les masques sont par terre. Chacun est dans son élément. Les démagogues sont ridicules d'improvisation, les magouilleurs ne se gênent pas, les charognards ne sont plus obligés de faire passer la chair de leurs frères pour de la charcuterie, les monstres qui sommeillaient en nous paradent sur les grands boulevards. Et par-dessus cette tourbe puante, il y a *toi*. Tu surplombes ton monde, comme un dieu, et c'est formidable. Si tu n'avais pas osé crier sur les toits ta rage et ton écœurement, si tu t'étais écrasé pour laisser ces fumiers s'adonner à leurs fantasmes en toute impunité, j'aurais été terriblement déçu.

Brusquement, ses bajoues s'enflamment :

— Débarrasse-toi de cette mine de chien battu, Brahim, et tout de suite. Tu peux me dire s'il y a, parmi les milliers de victimes qui pavent les chemins de notre déroute, une seule qui mérite d'être égorgée comme une bête ? Tu peux me montrer, parmi ces hordes de nihilistes cannibales, un seul qui mérite d'être pardonné ? Tu n'as rien à te reprocher. Ils t'ont foutu à la porte, mille autres te sont ouvertes, et la mienne en premier. Tu t'es acquitté pleinement de ta tâche. Tu as *réussi*. Les fils de pute le savent, et ils en tremblent. Ils se croyaient plus malins, ils croyaient leur crime parfait. Aucun mal n'est parfait. La perfection relève de ce qui est juste, seulement de ce qui est juste.

Il s'arrête, essoufflé, les yeux exorbités et les lèvres écumantes, et s'effondre dans son panier, le ventre palpitant, le regard écartelé sur les vallonnements de la mer. Je ne perçois ni les cris des enfants, ni la rumeur des vagues ; j'entends juste le crissement de la chaise qui s'est remise à balancer. Pendant deux minutes, je reste suspendu dans une bulle, comme si je venais de recevoir un coup sur la nuque, ensuite je redescends sur terre. La sérénité de Da Achour m'insuffle une sorte de délivrance. Je suis soudain attentif à la brise qui fait frissonner sa chemise, aux ramifications de la sueur autour de son nombril, au liséré d'ombre sur ses yeux et à cette désinvolture qui pendouille au bout de son bras et qui, semblable à un signe, m'invite à plus de discernement.

— Merci, dis-je.

— Si tu n'es pas content de me voir, tant pis pour toi, me lance Dine en s'engouffrant telle une tornade chez moi. Je t'ai attendu deux heures durant au café, et tu n'es pas venu. Je me suis dit, de deux choses l'une : ou ce con s'est fait hara-kiri dans sa salle de bains ou je suis pas son pote. Je suis venu pour me fixer là-dessus.

Il m'écarte de la main, inspecte les chambres, revient me bousculer dans le vestibule.

— De prime abord, constate-t-il, il n'y a pas le feu. Pas de meubles bousillés, pas de carreaux brisés. Ça prouve que tu tiens le coup, et je m'en réjouis... Alors, ajoute-t-il en déployant les bras, on reste ici à se court-circuiter les neurones ou bien on sort dîner ?

Sans attendre ma réponse, il ramasse ma veste sur la chaise et me la fourre dans les bras.

— C'est triste, chez toi. On va ailleurs s'éclater et dire merde aux vaches.

J'essaye de faire du chichi. Son poing de cogneur me propulse sur le palier.

— On va rater le clou du spectacle, chéri.

En un tournemain je me retrouve dans la rue.

Dine me pousse dans une grosse cylindrée scintillante, court se mettre derrière le volant et me crie :

— Elle te plaît, ma charrette ? Ça t'en bouche un coin, pas vrai ? Tu t'attendais à me voir égrener mon chapelet le jour et à écumer les tripots le soir ? Faux ! La retraite est une nouvelle vie qui démarre, un retour d'âge époustouflant. Les étalons de race meurent d'orgasme, mon minet. La vieillesse, c'est pour les bourriques et les canassons.

L'enthousiasme de Dine finit par me détendre un tantinet. Je me renverse sur le siège et respire un bon coup. La voiture bondit silencieusement sur le bitume. Dans le ciel constellé de millions de flammèches, la lune s'escrime à se faire passer pour une baleine. Je ferme les yeux et laisse le vent de la course taquiner mes cheveux et gonfler le col de ma chemise.

Dine m'emmène au Corail, un restaurant somptueux vautré sur quatre hectares de jardins quadrillés d'allées pavées et de lampadaires en fer forgé. La mer est juste à côté, avec un bout de plage édénique et des rochers sculptés. Quelques couples se promènent sur le sable fin, le rire tonitruant, profitant des angles morts des projecteurs pour se taire un instant. Nous rangeons la voiture dans un parking et nous prenons d'assaut un hall aussi rutilant que le lustre monumental accroché à son plafond. Derrière son comptoir en acajou grenat, le réceptionniste rajuste d'abord son nœud papillon avant de nous gratifier d'un sourire troublant de professionnalisme.

— Bonsoir, monsieur Dine. C'est un plaisir de vous avoir parmi nous ce soir.

Il glisse sa main sur un carillon. Aussitôt, une espèce d'oiseau échassier surgit on ne sait d'où, hautain et rigide.

— La table habituelle de monsieur Dine est prête ?

— Oui, monsieur.

— Eh bien, je vous le confie.

— Bien, monsieur.

Le larbin nous montre le chemin, obséquieusement, et nous devance, la nuque roide par-dessus sa redingote austère, le nez pareil à un crochet fiché dans l'air.

— Vous l'avez importée d'où, cette antiquité ? chuchoté-je dans l'oreille de Dine.

Dine m'enfonce son coude dans le flanc pour me prier de me tenir tranquille.

Le larbin nous conduit à une table fleurie à côté d'une baie vitrée, nous aide à nous asseoir et s'éclipse comme par enchantement.

— La retraite a l'air de te réussir, fais-je remarquer à Dine.

— On dirait...

— Tu t'es lancé dans les affaires ?

— J'ai pas collectionné que des ennemis dans ma carrière. Des amis se sont souvenus des services que je leur rendais. Ils m'ont proposé de gérer une petite entreprise dans l'agroalimentaire et j'ai pas craché dessus.

Je jette un coup d'œil dans la salle, reconnais quelques nababs exhibant leur harem, des autorités en pleine négociation avec des partenaires étrangers puis, au fond, la face scélérate de Haj Garne[1] attablé avec Soraya K, la Madame Claude locale.

Tous les deux sont en train de me toiser, un rictus méprisant sur les lèvres.

— Tu te souviens de Kader Laouedj ? me demande Dine en me montrant discrètement une obésité rabougrie sur la gauche.

— Il en a pris, du poids.

— Dans les deux sens. On le pressent à la tête du Comité des Braves.

J'en manque d'avaler ma prothèse.

— C'est une blague ?

— Ça en a l'air, mais c'est presque officiel.

La bonne blague ! J'ai connu Kader Laouedj alors qu'il s'initiait à l'exercice de la langue de bois au conservatoire de la télévision nationale. Un lèche-bottes d'une rare abjection. Il recevait les hauts fonctionnaires sur son plateau. Ces soirs-là, la nation se voyait forcée, au risque d'imploser, de

1. Voir *Morituri*.

zapper tous azimuts. Ceux qui n'étaient pas branchés sur le satellite éteignaient carrément leur petit écran. Aussi, lorsqu'il s'est porté candidat aux élections législatives, il a raflé l'ensemble des voix. Les gens n'avaient pas d'autre choix. C'est le seul moyen qu'ils ont trouvé pour ne plus le voir gâcher leurs soirées. Mais le député Laouedj n'a pas tardé à reprendre l'antenne. En moins d'une année, il a chapeauté cinq commissions nationales avant de se faire coincer dans une sordide histoire de trafic d'influence et d'abus de biens sociaux. La presse s'est précipitée sur lui avec la vaillance d'une meute, lui consacrant sa une des semaines durant. Le malheureux a traîné d'une cour à l'autre, d'un scandale à une dépression, pour disparaître de la scène. L'orage passé, on le retrouve dans un bouleversant *mea culpa* confectionné par une équipe de journalistes pourris, ensuite on lui fait l'insigne honneur d'animer un téléthon dysentérique, histoire de le réhabiliter, puis on le recase en qualité de maire dans un village tranquille. Deux ans plus tard, il revient sur ses grands chevaux, membre fondateur d'un parti politique bidon.

Laouedj me surprend en train de le dévisager, soulève son verre en signe de salutation et m'ignore vite fait. Une chose est sûre : ce type ira loin. Il a une autonomie d'impudence intarissable et il sait que, dans les systèmes tarabiscotés, moins on a de scrupules et plus on a des chances d'atteindre les hautes sphères. Une fois là-haut, plus rien à envier aux bons dieux. Les plus horribles des caractères sont qualifiés de singularité, et les antécédents infamants font figure de hauts faits d'armes. Quand on a l'argent dans une main, et le pouvoir dans l'autre, c'est à peine si le ciel compte pour des prunes.

— Arrête de le fixer comme ça, tu vas l'indisposer.

Je me ressaisis.

Le garçon vient prendre nos commandes et s'en va.

De nouveau, je me surprends en train d'observer Laouedj, son costume parisien, la fraîcheur de ses pommettes et ses gestes feutrés. *C'est qu'un fumier d'escroc*, me dis-je. *Ça brille de façade, et ça pue en dedans. Faut pas être jaloux d'un fumier.*

Une dame s'épanouit dans la salle, la tête ceinte dans un foulard futuriste. Elle est haute et fine comme un mât de cocagne, férocement moulée dans une robe magnifique échancrée jusqu'au renflement du fessier. Elle reste un instant debout au milieu des tables, son petit sac contre les nichons, à attendre majestueusement que l'on s'occupe d'elle. Un larbin accourt, la prie de le suivre et vient l'installer à la table voisine. Tout de suite, Dine lisse sa moustache. La dame remercie le larbin, nous adresse un imperceptible hochement de la tête, joint ses mains rosâtres sous son menton en porcelaine et s'oublie dans la contemplation des fresques décorant le plafond.

— Vise-moi ce chef-d'œuvre, s'écrie Dine d'une voix fébrile. Madame Zhor Rym, la plus belle veuve du Grand Alger.

— Je connais.

— Tu la connais vraiment ?

— Je la connais comme ça.

Il s'écroule contre mon épaule :

— Tu nous présentes ?

— Tu as une épouse formidable, Dine. Il me déplairait de l'oublier.

Il froisse sa serviette dans sa main, retire sa carcasse et me boude.

Au fond de la salle, Haj Garne fait signe au larbin de s'approcher, lui chuchote quelque chose et se lève. Il contourne la table pour retirer la chaise à Soraya K. Sa galanterie d'ancien montreur d'âne manque de renverser le couvert. Soraya le foudroie d'un œil noir et quitte la table comme une grande. Confus, Haj Garne vérifie d'abord si ses voisins n'ont rien remarqué avant de se dépêcher de rattraper sa compagne.

Soraya passe devant moi, froufroutante de dédain. Haj Garne, lui, s'arrête saluer Dine, puis il s'intéresse au col de ma veste :

— J'ai été enchanté d'apprendre qu'on t'a foutu à la porte, Llob. Je commence presque à avoir de la considération pour les flics, maintenant.

— Si ça peut te faire plaisir.

— Et comment ! J'en jouis à chaque fois que j'y pense. Llob à la rue, n'est-ce pas déjà le bonheur ?

Il écarte les bras dans un geste de béatitude totale.

— C'est le pied, jubile-t-il...

— C'est à cause de moi que tu renonces à ton dîner ?

— On ne peut rien te cacher. Je croyais l'endroit aseptisé.

Il se frotte les mains. Ses paumes rêches rendent un son répugnant.

— Alors, comme ça, tu t'appelles Yasmina Khadra, maintenant ? Sincèrement, tu as pris ce pseudonyme pour séduire le jury du prix Femina et pour semer tes ennemis ?

— C'est pour rendre hommage au courage de la femme. Parce que, s'il y a bien une personne à les avoir en bronze, dans notre pays, c'est bien elle.

Il ricane, et son visage s'enlaidit effroyablement.

— Tu veux que je te dise, Llob ? Tu t'es fait avoir par un travelo.

— Tu viens, à la fin ? lui crie Soraya de la cage d'escalier.

Haj Garne la prie de patienter, extirpe une carte de visite et la dépose dans mon assiette :

— Sait-on jamais ? Toutefois, si le métier de veilleur de nuit t'arrange, téléphone à ce numéro. Je dispose de deux entrepôts désaffectés au sortir de la ville.

54

Il me regarde de travers pendant six secondes et ajoute :

— Putain ! C'que j'suis content, aujourd'hui.

Et il rejoint sa poufiasse dans les escaliers.

— J'ai beaucoup apprécié, pépie madame Rym, le menton sur les ongles et les yeux obstinément au plafond.

Ni Dine, ni moi ne comprenons si elle s'adresse à nous ou si sa pensée lui a échappé.

— Pardon, madame ?

Ses immenses yeux de vestale consentent à se reposer sur moi.

— J'ai dit que j'ai beaucoup apprécié, monsieur Llob. Et je parle de *Morituri*.

— Vous êtes trop aimable.

— Il n'est pas dans mes habitudes d'écouter aux portes, mais ce malotru faisait tout pour se faire entendre.

— C'est parce qu'il est un peu dur d'oreille.

— D'esprit, surtout.

— Pas d'inquiétude de ce côté : il n'en a jamais eu.

Elle défait l'étreinte de ses doigts et tourne son visage vers notre table. Son cou divin pivote au ralenti, dans une élégance fascinante. Cette femme est une merveille. Sa toilette raffinée, la grâce de ses mouvements ajoutent à sa grande beauté cette touche indicible qui distingue la toile du maître de celle du faussaire.

— Pourquoi ne pas vous joindre à notre table, madame Rym ? lui propose Dine.

— Vous êtes très gentil. J'attends quelqu'un... Toutefois, monsieur Llob, si un jour le vent vous poussait du côté de Hydra, je serais ravie de vous recevoir chez moi. J'ai toujours espéré m'entretenir avec vous. J'adore les écrivains.

— Nous ne manquerons pas de passer vous voir, madame, promet Dine d'une voix étonnante de musicalité.

— Lundi, je donne une petite réception. Rien d'extravagant, juste une rencontre entre amis.

— Pour rien au monde nous ne voudrions rater ça, s'engage solennellement Dine.

— Eh bien, à lundi, à partir de vingt heures.

Elle sourit et se remet à contempler le plafond.

L'entretien est clos.

*

Le pantalon sur les mollets et la cravate pardessus les épaules, Kader Laouedj est en train de se laver les mains dans les toilettes. Déjà en état d'ébriété avancée, il a du mal à discipliner ses gestes. Il passe ses doigts humides dans les cheveux ensuite sur la figure. En se redressant, il me découvre dans la glace. Ma vue le met derechef mal à l'aise.

— Bon voyage, Sam, me lance-t-il tandis que je pousse la porte du box.

Il se retourne en chancelant pour me faire bye bye d'une main incertaine.

— Et bon débarras.

Je ne fais pas cas de lui et pénètre dans le cabinet.

En sortant, je le retrouve au même endroit, debout contre l'évier, les genoux flageolants, sur le point de s'effondrer. Il essuie ses mains sur sa cravate, tente un pas en avant. La lourdeur de son derrière le ramène en arrière et il retourne culer contre le mur.

— Tu as oublié de tirer la chasse sur toi, Sam.

— Vous vous trompez sur la personne, bonhomme. Mon nom est Llob, Brahim Llob.

Son doigt fait non, et toutes ses flaccidités en chavirent :

— Tu es Sam. Et ta place est au caniveau. Tu vas te foutre dans le bidet et te tirer la chasse dessus, sinon c'est moi qui vais le faire à ta place.

— Je suis trop gros.

Il renifle à se fissurer les narines et barrit :

— Espèce d'enfoiré, fumier, connard ! T'as rien trouvé de mieux à faire que nous ridiculiser devant nos ennemis ? Tu espérais amuser la galerie avec tes bouffonneries de vendu, c'est ça ? Si le bled te dégoûte, tire-toi fissa. Va rejoindre ces bandes de déserteurs et de bâtards de l'autre côté de la mer.

Il n'y a pas d'erreur sur la personne. Kader Laouedj me vise directement. De toute évidence, il est en train d'extérioriser la lie bourrative que la lecture de mon bouquin aurait déposée au fond de ses tripes. Son visage violacé vibre d'une rage incoercible et de l'écume commence à fermenter aux coins de sa bouche.

Il titube, s'accroche à l'évier et me montre la glace derrière lui.

— Je parie que le miroir se briserait rien qu'à l'idée de contenir ton reflet. Tu es dégueulasse, Sam. T'es une ordure comme y en a pas deux. L'Algérie reconnaîtra les siens. Quant aux traîtres, ils ne perdent rien pour attendre : nous les enculerons tous sur la place.

— Vous devriez mettre un peu d'eau dans votre vin, monsieur Laouedj.

— Dans ton trou du cul plutôt. Ça fait mal quand c'est à sec. T'es qu'un charognard. Mais tu t'es trompé de curée. L'Algérie est une terre de noblesse, un sanctuaire imprenable. Et les Algériens, les vrais, c'est tous des seigneurs. Ils se tiennent droit dans la catastrophe. Ils savent pas fléchir. Aucune force, rien ne les met à genoux. Nous sommes une race d'indomptables, Sam. Si les foudres du ciel n'osent pas nous effleurer, c'est pas ton bouquin à la con qui va nous désarçonner. Crétin, pauvre type, imbécile !

Il crache dans ma direction. Trop ivre, son jet de salive colle à ses lèvres et se rabat mollement sur son menton. Il s'appuie contre le mur, se comprime autour d'un effort inouï pour se catapulter et lance son poing. Je l'esquive. Son élan l'emporte et il va valdinguer dans le cabinet.

Il s'agrippe au bidet, s'acharne à se relever ; ses chaussures glissent sur le carrelage et il retombe.

Il fait pitié.

— T'es un homme fini, Sam. On va te faire la peau, traître, vendu !

Je quitte les toilettes.

Sa voix d'ivrogne me poursuit :

— Fini... T'es un homme mort, Sac À Merde...

*

Mais je ne suis pas au bout de mes surprises. Après le dîner, le gérant du Corail nous intercepte à la réception. Il commence par serrer la main à Dine, récupère ostensiblement la sienne pour ne pas me saluer, passe plusieurs fois la langue sur ses lèvres et dit :

— Monsieur Dine, notre maison vous est ouverte à n'importe quel moment. Vous êtes un client particulièrement cher à nos yeux. Cependant, je vous saurais gré, à l'avenir, de bien vouloir faire attention à vos fréquentations. Notre club est privé. Nos clients sont exigeants. Et nous avons une réputation à préserver.

— Qu'est-ce qu'il y a, monsieur Abbas ? La gueule de mon copain vous fait chier ?

— S'il n'y avait que ça, je m'en torcherais volontiers.

Dine nous regarde tour à tour, les pommettes spasmodiques. Son poing se crispe, se met à vibrer d'une façon dangereuse.

— Allons-nous-en, lui dis-je.

— Une minute, s'emporte-t-il en enlevant ma main sur son bras. Qu'est-ce que vous êtes en train de me suggérer, monsieur Abbas ?

— J'ai été clair, pourtant.

— Peut-être, mais j'ai pas très bien saisi.

Le gérant claque des doigts. Deux gorilles rappliquent illico, droit d'un zoo d'horreur.

— Veuillez reconduire ces messieurs.

Les deux gorilles nous happent avant que nous ayons trouvé une parade, nous bousculent vers la sortie et nous jettent dehors. Le gérant nous considère deux secondes avec mépris ; ensuite, sur un ton qui donne à réfléchir, il nous conseille de ne plus remettre les pieds dans les parages. Puis, juste avant de nous tourner le dos, il me dit :

— Tout petit aspire à grandir, monsieur Llob. Mais les nains n'ont pas cette chance. Pour eux, grandir, c'est vieillir. Encore faut-il qu'ils vivent longtemps.

II

*L'horreur, c'est d'avoir conscience de sa bêtise et n'en
avoir cure.*

Brahim Llob

J'étais en train de penser à ce que m'avait dit Lino, un soir sur la corniche, lorsqu'on a sonné à la porte. C'était dans un grill-room. Nous cassions la croûte. Lino, le menton ruisselant de jus et les joues cabossées, m'avait fait cette remarque profonde : « La plus raisonnable façon de servir une cause n'est pas de mourir pour elle, mais de lui survivre. » À cette époque, le bled sentait bon, le chauvinisme me gonflait à bloc, et il n'était pas dans mes habitudes de zélateur émérite de prêter attention aux propos d'un subalterne. Aujourd'hui, ça me revient comme un boomerang et ça provoque, chez moi, l'effet d'une vérité qui sort de la bouche d'un enfant. Ça fait des heures que je la rumine et pas moyen de la digérer. C'est terrible.

Toute ma vie, je n'ai pas cessé de passer à côté de la plaque. Ours mal léché, beaucoup plus proche de la caricature que de la forêt, la bassesse ambiante me maintenait constamment dans une sorte de mégalomanie farouche, m'aveuglant devant les uns, me rendant sourd aux autres, écœuré de voir mon entourage trotter allègrement derrière une carotte en carton. Maintenant, je *sais* : toute cette grisaille qui me voilait la figure, toute cette animosité corrosive qui me bouffait les tripes, c'était parce que je n'*écoutais* pas. Je n'entendais que mon fiel d'incorruptible, ne percevais que mon rejet brutal de tout ce qui n'était pas conforme à mon intime conception des valeurs et des principes. Peut-être avais-je cherché à me préserver de la diablerie environnante, ou bien à me disculper des agissements des ripoux si à la mode dans les centres de décision, trouvant en mon cocon le plus sûr des alibis. Utopie ! Encore une fois, je n'avais rien compris.

Certes, me consolais-je, il y a dans chaque poubelle quelque chose d'intact. Mais, me désespérais-je immédiatement, qu'est-ce qu'une chose intacte dans une poubelle ? Ramassée par un fouille-merde ou finissant au dépotoir, son destin n'échappe guère au monde ordurier... Eh bien, c'est faux ! Elle a aussi des chances d'être recyclée.

Aujourd'hui, je suis convaincu que les eaux croupissantes de l'étang n'altèrent pas la pureté du nénuphar.

J'avais le choix entre deux initiatives pour m'acquitter de ma tâche dans la société : *la servir ou l'asservir*. J'ai opté pour celle qui me paraît encore comme la moins accablante. Ça a été dur, mais je

ne la regrette pas. Maintenant encore, je m'inter-
roge. Faut-il aller jusqu'au bout de ses convictions
ou bien retourner la veste ? Et c'est où exactement, le bout ? Le poteau, le guet-apens ou seulement la mosquée, parmi les autres vieillards,
comme il sied aux bons retraités ?

Lino avait raison. Sa bouche était pleine, ce
soir-là, sur la corniche, et pas seulement de brochettes. Mourir est le pire service que l'on puisse
rendre à une Cause. Car il y aura immanquable-
ment, par-dessus les décombres et les sacrifices,
une race de vautours assez futés pour se faire passer pour des phénix. Ceux-là n'hésiteront pas une
seconde à faire des cendres des martyrs de l'en-
grais pour leurs jardins, et des tombes des absents
leurs propres monuments, et des larmes des veu-
ves de l'eau pour leurs moulins. Et ça, je ne peux
le supporter. C'est peut-être pour cette raison que
j'ai mis si longtemps à réagir au carillon.

— T'as égaré ton cornet acoustique ou quoi ?
hennit Dine sur le palier. Ça fait dix bonnes minutes que je sonne.

Devant mon air sinistre, il rabaisse le son et me
propose un sourire de cheval. Puis, avec son ongle
jauni par la nicotine, il fait tinter le cadran de sa
montre pour me signifier que nous allons être en
retard au rendez-vous.

Je décroche à contrecœur ma veste prolétaire et
le rejoins au bas de l'escalier.

Dine est tellement excité qu'on le croirait assis

sur son doigt. Il a mis son costume des grands jours, des souliers italiens, et s'est aspergé d'une quantité d'eau de toilette à rendre abordable un macchabée en état de décomposition. Pour faire dans le sérieux, il s'est embarrassé d'une paire de lunettes en écaille si volumineuse qu'elle lui absorbe la moitié du faciès.

— Écoute, chéri, me dit-il en m'ouvrant la portière, si tu comptes garder ton air renfrogné pour la soirée, on ferait mieux de rester chez nous. Je te rappelle que nous allons chez une dame. Alors, un peu de correction, parce que tu es absolument lugubre, ajoute-t-il en claquant la portière derrière moi.

Je ne fais pas un seul commentaire durant le trajet. Il y a, dans mon amertume, de quoi gâcher toutes les joies de la terre, et celle de Dine en premier. Lui, non plus, ne trouve plus utile de faire le pitre pour m'arracher un sourire. Mon humeur massacrante le gagne progressivement, telle une brume maléfique. Un moment, j'ai voulu lui demander de se ranger sur le côté et de me laisser rentrer chez moi à pied. Non pas pour me dégourdir les jambes et l'esprit, mais simplement parce que j'estime que Dine commence à me faire chier, lui aussi. Après tout, j'ai le droit de rester chez moi, de faire le ménage dans ma tête, de prendre un peu de recul pour mieux voir où j'en suis. Qu'est-ce qu'il en sait, Dine, de *ma* solitude ?

Pourquoi m'emmène-t-il chez une veuve que je ne suis pas obligatoirement heureux de retrouver.

Si elle l'intéresse, c'est pas mes oignons.

Dans un sens, Dine se sert de moi.

Depuis longtemps, les fêtes ne me font plus rigoler. Séquelle d'une enfance confisquée, puis d'une jeunesse ratée, ce n'est pas l'air du temps qui va nous rapprocher.

Quand j'étais môme, il y avait toujours pour moi, entre la liesse et en rêver, une vitre.

À la ferme des Guillaumet où je trimais comme factotum, je n'avais pas le temps de me divertir.

Écartelé entre les corvées ménagères et les commissions, je m'appliquais à mériter pleinement mes sous, portant mes hauts et mes bas avec philosophie, pareil aux hirondelles qui savent admirablement réconcilier le blanc de leur ventre avec le noir sur leur dos.

Dieu a fait les êtres riches et pauvres, m'enseignait-on.

Aussi, lorsque les guirlandes pavoisaient la maison de mes employeurs et que rappliquaient, des quatre coins du bled, carrosses et automobiles pétaradantes, lorsque le brouhaha se répandait sur la montagne et que le rire des femmes gagnait le firmament, je me contentais d'une branche sur un arbre ou d'un morceau d'ombre et je contemplais le bonheur des autres à travers un aquarium.

Je restais ainsi, transi et sidéré à la fois, le nez contre le carreau jusqu'au matin, et à aucun moment je n'en voulais aux gens d'Igidher de ne pas mettre un peu de lumière dans mon regard d'enfant.

À cette époque, c'était toujours le colon qui avait quelque chose à célébrer. C'était ainsi, il fallait vivre avec. C'est pourquoi, jusqu'au jour d'aujourd'hui, là où il y a de la joie je me découvre aussitôt un coin d'exclu.

Nous atteignons Hydra avec quarante minutes de retard, à cause d'une bataille rangée entre les flics et un groupe de terroristes qui nous a contraints à rebrousser chemin.

Madame Rym habite un manoir imposant à l'angle de la rue de la Paix, face à un square aux contours d'oasis cerné de palmiers. Le coin paraît rasséréné. Pas de voitures garées contre le trottoir, ni de bruits. Un groupe d'adolescents nigaude sous un mimosa, le teint vermeil. Certains ont le crâne rasé sur les tempes, d'autres une queue de cheval sur la nuque ; tous exhibent une boucle étincelante à leur oreille gauche. À Alger, on appelle cette communauté la Confrérie Tchitchi. Elle a le pouvoir de traverser une guerre sans s'en apercevoir.

Madame Rym est soulagée de nous voir débarquer. Elle commençait à désespérer, nous avoue-t-elle en me prenant par le bras pour nous présenter à ses amis apparemment à l'aise dans le faste alentour. Il y a des minettes jolies comme de la broderie, des femmes aux allures de dindes farcies

et des messieurs distingués. Par endroits, certainement pour ruminer leur grosse fortune, de vieilles
dames se vautrent dans des canapés avec l'altesse
immuable des vaches sacrées, faussement indiffé-
rentes aux charmes des gigolos prêts à leur faire
la nique pour un peu d'argent de poche. Plus loin,
la crème de la société. Je reconnais, entre autres,
Baha Salah, un industriel sismique puisqu'il lui
suffit de se moucher pour occasionner un sinistre.
Amar Bouras, un régionaliste impénitent qui a su
naître dans la bonne tribu et qui applique à la
lettre la devise fondamentale des siens : *s'enrichir
vite et régner longtemps.* Il chapeaute un parti politique mafieux. Le docteur Lounes Bendi, érudit
légendaire et opportuniste invétéré qui n'hésite-
rait pas à descendre en flamme sa propre mère
pour faire parler de lui. Omar Daïf, un cinéaste
déchu que l'on rencontre régulièrement dans les
soirées mondaines à quémander la charité d'un
mécénat, obstinément atteint de strabisme. Le
cheikh Alem, fervent adepte de la sédition en 92,
fier de ses six mois de camp d'internement, arbo-
rant doctement sa barbe subversive comme un
porc-épic ses piquants. Et, bien sûr, l'inévitable
Kader Leuf, un journaliste droit, objectif, perspi-
cace et incorruptible à qui tout le monde s'accorde
à trouver autant de caractère qu'à un fromage
français.

Nous passons d'un nabab à une douairière
comme s'attaque un octogénaire aux épreuves

d'un parcours de combattant. Un monsieur est tellement occupé à se tirer les vers du nez qu'il ne trouve pas une seconde à nous consacrer. C'est dire l'extrême gravité de l'expédition. De courtoisie affectée en salamalecs furtifs, nous parvenons tant bien que mal à faire le tour de la foire à l'issue de laquelle notre hôtesse nous abandonne pour s'occuper des arrivants.

— Elle est renversante, exulte Dine en dévorant des yeux madame Rym.

— L'opulence ?

— La dame, voyons, maugrée-t-il agacé.

Je lui accorde le bénéfice du doute et classe l'affaire.

Mostéfa Haraj quitte son archipel utile et vient faire tintinnabuler le glaçon de son scotch sous mon nez. Haraj est banquier. On s'est connus au cours d'un interrogatoire qu'il n'est pas près de me pardonner. Tassé comme une borne, patibulaire et méchant, il est plus enclin à risquer un crédit qu'à sourire à un inconnu. Tout simplement détestable !

— J'hallucine ou quoi ? glapit-il de sa voix purgative. Brahim Llob parmi l'élite, qui l'aurait cru ?

— Votre enthousiasme me réconforte.

Tout de suite, sa grande gueule se froisse.

— Il n'est pas dans mes intentions de vous réconforter. Si vous saviez la nausée que vous m'inspirez... Malheureusement, les mots me font défaut.

— Ils ne sont pas les seuls, hélas !

Son regard me traverse de part et d'autre, comme une estocade. Il remue son breuvage d'une main hautaine et ajoute :

— J'ai un ami à Paris. Je vais lui demander d'aller vérifier s'il ne manquait pas une gargouille à Notre-Dame.

— Pas la peine de le déranger. Il y en a une juste à portée de mon crachat.

Ça l'ébranle de la tête aux pieds. Ses veines s'épaississent horriblement autour de sa calvitie. Soudain, une formidable déflagration fait vibrer vitres et murs, interrompant net l'entretien. Profitant de cette incongruité intempestive pour battre en retraite, Mostéfa Haraj rejoint rapidement ses congénères sur la véranda. Très loin, une gigantesque grappe de fumée situe le lieu du drame qui vient de foudroyer encore une fois la ville.

— 78, glousse Cheikh Alem incapable de dissimuler la jubilation morbide qui lui jaillit des prunelles. C'est la 78ème bombe qui éructe à Alger.

Je m'approche du balcon pour voir les tentacules enflammés en train de fouetter les basques de la nuit. Dans le silence figé, le ricanement du barbu prend des proportions sépulcrales. Ma main part d'elle-même l'attraper par le col de sa soutane et le pousser sur le côté.

— Excuse-moi...

Il tente de froncer les sourcils. Mes doigts se referment autour de sa nuque, lui font mal ; il se retire petitement, drapé dans sa vilenie de charlatan papelard et lâche, et il y a, dans sa retraite, une sorte d'éclaircie étrange comme lorsqu'un démon est conjuré.

Quelques minutes après, le mugissement des sirènes nous parvient dans une chorale apocalyptique. Une dame fardée comme une actrice japonaise joint ses mains ornées de bijoux dans une prière mélancolique et cherche dans le ciel un interlocuteur assez complaisant pour la prendre au sérieux. Derrière elle, un jeune couple échange des moues déconcertées, craignant probablement pour sa soirée.

— Ne restons pas là, réagit Baha Salah.

— Tu as raison, renchérit Amar Bouras. Ce n'est pas une bande de pouilleux qui va nous compliquer la vie.

Quelques convives rejoignent l'industriel dans la salle. Le reste s'attarde dans la cour, plus ou moins attentif aux bruits du lointain.

Le docteur Bendi allume sa pipe avec un calme olympien puis, une main dans la poche et l'autre autour de son calumet, il contemple le nuage de fumée comme on contemple une œuvre d'art.

— Dieu ! Cette guerre que l'on cache comme une maladie honteuse, soupire Omar Daïf. Je me sens devenir fou.

Ça ne distrait aucunement l'érudit.

Le cinéaste referme son poing. Ses traits fripés prononcent un peu plus son désarroi.

— Quand est-ce que ça va finir, docteur ?

— J'ai laissé ma boule de cristal au bureau.

Le ton du docteur est sec, expéditif.

Omar Daïf se perd dans ses pensées et revient, affligé :

— Ailleurs, pour une fugue, un pétard, un coup de feu, toute la nation est mobilisée. Le moindre fait divers exige une déclaration présidentielle dans la minute qui suit. Chez nous, des fillettes sont violées puis décapitées, des enfants sont déchiquetés par des engins explosifs, des familles entières sont massacrées à la hache toutes les nuits, et on fait comme si de rien n'était.

Le docteur tire longuement sur sa pipe, souffle la fumée sur le visage du cinéaste et rejoint les nababs dans le salon.

Omar Daïf se rabat sur une vieille dame à côté de lui :

— C'est pourtant vrai. Tiens, consultons la télé. Allumez-la et vous allez tomber sur une émission aux antipodes de notre tragédie.

La mémé fronce d'abord les sourcils en direction de ses courtisans, l'air de se demander pourquoi on l'accuse, elle, ensuite elle retrousse le nez et disparaît, sa meute de gigolos à ses trousses.

— Ne dramatisons pas, intervient un Kader Leuf condescendant en prenant le cinéaste par le coude. Notre guerre entre dans le cadre des mutations qui s'opèrent à travers les continents. C'est dans l'ordre des choses. On n'est pas à part. Il y a le Zaïre, le Rwanda, la Bosnie, la Tchetchénie, le

Moyen-Orient, l'Irlande, l'Afghanistan, l'Albanie... Ce qui se passe, chez nous, est somme toute biologique. Notre pays se découvre à lui-même. Il est en train de négocier sa puberté. Il s'agit d'une simple crise d'adolescence.

Je me retrouve seul sur la véranda, effondré contre la balustrade, un peu dans les vapes. Madame Rym glisse à côté de moi. Sa main se repose délicatement sur la mienne.

— Pourquoi m'avez-vous convié à cette foire d'enfoirés, madame ?

— C'est pour que vous sachiez ce que j'endure toutes les semaines.

— Vous n'êtes pas obligée.

— C'est pourquoi j'essaie de me faire d'autres amis.

— Vraiment ?

— Absolument. Dans mon monde, on ne parle que de profit, de politique, de partenariat, et jamais d'autres choses. Je suis fatiguée. Je suis une rêveuse, monsieur Llob. J'aime m'oublier sur la berge d'une rivière, fermer les yeux et croire aux contes de fées au point de baiser un crapaud sur la gueule. Parfois, l'envie me prend de claquer la porte et d'aller lever le songe derrière les buissons. Je suis fille de campagne, monsieur Llob. Mon père possédait une cabane à deux pas de la forêt. C'est parce qu'il redoutait que l'on me détrousse au pied d'un arbre qu'il a déménagé. Je ne savais rien faire d'autre que flâner dans les bois.

74

Sa main, maintenant, a les doigts tapis dans les miens. Ses yeux luisent dans le reflet des réverbères, semblables à des joyaux. Son parfum domine nettement les senteurs du jardin.

— Je suis comme ces roses que j'entretiens avec dévotion. Aucun de mes invités ne les remarque. Tous viennent uniquement pour festoyer. Et lorsqu'ils s'en vont, au petit matin, j'ai les larmes aux yeux comme de la rosée sur mes fleurs.

Elle me prend par la taille, écrase sensiblement ses seins contre mon flanc.

— Venez, mon ami, on va passer à table.

Je la suis.

— Aimez-vous les fleurs, monsieur Llob ?

— Entre autres.

— Vous avez une préférence pour une variété ?

— Disons que je me languis de celle que je ne suis pas près de cueillir désormais.

— C'est-à-dire ?

— La fleur de l'âge.

*

Le dîner est servi dans une salle immense tapissée de velours. La table s'étale sur une vingtaine de mètres au moins. Il y a dessus de quoi nourrir une tribu pendant deux jours. On m'installe entre deux dames croustillantes, au centre du dispositif, madame Baha Salah sur ma gauche et madame Haraj sur ma droite. En guise de chef de table, nous avons droit à Amar Bouras. Quelqu'un d'autre m'aurait étonné. Comme il se croit dans un congrès, il nous débite un discours inintelligible et nous prie d'adhérer massivement à son mouvement pour rétablir la paix et la prospérité en Algérie. Son bureau politique l'applaudit. C'est le signal des braves : on prend d'assaut les soupières.

— Vous êtes dans quel parti, monsieur Llob ? me demande ma voisine de droite.

— Ma petite famille, madame.

— Vous avez parfaitement raison. Je ne vois pas votre femme.

— Elle prépare mon bain, à la maison.

— Petit cachottier. Pendant qu'elle prépare votre bain, vous vous forcez à trouver un prétexte pour le justifier.

Une deuxième déflagration nous secoue. Tout de suite, Baha Salah reprend les choses en main.

— Vous occupez pas de ces cons, mes chers. Bouffons jusqu'à dégueuler.

L'assurance de l'industriel détend l'atmosphère. Embusqué derrière une grosse bourgeoise, Cheikh Alem me surveille. Dès que je tourne la tête, il lance :

— 79 !

— Tu n'as pas honte, Cheikh, s'insurge le cinéaste. Un haj comme toi, les pieds déjà dans la tombe. Tu te réjouis de voir ton propre pays partir en fumée...

— C'est la faute aux militaires, glapit le barbu.

76

Ils n'auraient pas dû interrompre le processus électoral.

— Les militaires ont fait leur devoir. Si la caste des officiers allemands avait fait preuve du même courage pour barrer le chemin à Adolf Hitler, il y aurait eu une guerre civile en Allemagne, mais le monde n'aurait pas connu l'holocauste, ni les déportations massives, ni les fours crématoires.

— Il n'a jamais été dans notre programme de déclencher une guerre mondiale, proteste le cheikh.

— Et l'épuration culturelle que le FIS annonçait ? Et les potences qu'il promettait aux intellectuels ? Et le totalitarisme qu'il préconisait ? Je suis convaincu que, s'il avait réussi, le pays aurait essuyé un génocide sans précédent. Heureusement qu'il a fait la gaffe tactique de sa désobéissance civile...

Là, le docteur Lounes Bendi tape sur le bord de son assiette avec une cuillère pour exiger que l'on se taise. Avec infiniment de concentration, il fixe tour à tour le cheikh et le cinéaste, le sourire réducteur.

— ...levez le niveau, messieurs. On n'est pas au petit bistrot du coin.

Certain d'avoir mis au pas l'auditoire en entier, il repose la cuillère, se renverse sur le dossier de sa chaise. Avec deux doigts, il tripote sa cravate Lacoste.

À côté de moi, madame Baha Salah se met à se

trémousser comme une truie en chaleur. Depuis qu'on est passés à table, elle ne le quitte pas des yeux. Et, à chaque fois que leurs regards s'effleurent, elle en frémit de la tête aux pieds.

Le docteur respire un bon coup et tonne :

— Comment se fait-il que le FIS, qui était sur le point de remporter haut la main les législatives, se soit constitué, du jour au lendemain, hors-la-loi ? À quoi rimait sa désobéissance civile ? Il était virtuellement le Parlement. Alors pourquoi, d'un coup, il a tout foutu par terre pour finir en prison ?

Les questions du docteur font le tour du banquet sans trouver preneur.

— C'est vrai, gazouille finalement une demoiselle myope, c'est aberrant. La rue l'acclamait. Les sondages le donnaient majoritaire à plus de 80 %, découpage électoral pipé ou pas.

— C'est encore plus curieux quand on y repense, confirme un gigolo davantage pour attirer l'attention sur lui.

Le docteur comprend qu'il a placé la barre trop haut, ce qui prononce davantage son sourire.

Il dit :

— Cette histoire de désobéissance civile ne tient pas debout. C'était le commencement de la supercherie. Le FIS dévoilait son statut de jockey. Tout était fignolé depuis des années. Le FIS n'est pas venu pour régner, mais pour guerroyer. La nomenklatura prenait son monde à contre-pied. Sa fortune crapuleuse débordait le socialisme de façade, commençait à la trahir. Elle redoutait d'être entraînée par le raz de marée de ses abus, de ses spéculations. Il lui fallait un espace vital. Et vite. Ça l'agaçait de renflouer les banques d'outre-mer, de geler des milliards. Elle voulait récupérer ses butins, investir chez elle, au pays, un authentique Eldorado en jachère. Mais il y avait un hic. À chaque fois qu'elle laissait entendre qu'un tel manitou envisageait de lancer un grand projet, la populace faisait la fine bouche : « D'où détient-il son capital ? » « *Minn ayna laqa hada ?* » qu'on jasait. À la longue, il devenait impératif de lui rabattre le caquet, à cette nation d'immobilistes... Comment ?... La guerre, bien sûr ! Il fallait une crise, une sacrée bonne crise de merde, mais une crise gérable... La carte berbère ? La galette risquait gros... La carte de l'arabisation ? Les intellectuels sont de mauvais mercenaires. Or, il fallait faire sauter la baraque, brûler la terre, traumatiser la mémoire, ramener les « immobilistes » à la raison, affamer ce peuple d'assistés ingrats et obtus pour l'amener à mendier du pain pour ses gosses, à se prostituer pour n'importe quel boulot. Et la nomenklatura, cynique : « J'aimerais bien investir, mais il y a les qu'en-dira-t-on... » — « Au diable ! les qu'en-dira-t-on. On s'en fout de savoir de qui vous avez hérité vos fortunes. Prenez les usines bousillées, faites-en des empires. Si vous répugnez à déblayer le chantier, nous balaierons jusque devant vos portes. Tout ce qu'on veut, c'est du boulot »... Et le tour est joué. Aussi simple qu'une farce. Pendant que les théoriciens traquent ailleurs la chimère, le bled brûle. Les pompiers qui se proposent d'intervenir ne sont autres que les pyromanes. Ils ont tiré la bonne carte : l'Intégrisme. La confrérie était disponible, salivante de frustrations, belliqueuse, endoctrinée. Hier, elle cultivait la haine. Aujourd'hui, elle divertit. On n'apprend pas à son papa à faire des enfants. L'officialisation des partis à caractère religieux était négociée dans le but exclusif de légitimer la sédition. On a élevé la mouvance islamiste au rang des prophéties, puis on l'a jetée aux orties. Forcément, les floués ont pris les armes. Le MIA d'abord, l'aile armée du FIS. Ensuite le GIA, le bras de fer du Père. Cette guerre n'est qu'un chantier que se partage convivialement la mafia politico-financière. Quand les fondations de son empire seront fin achevées, elle claquera des doigts et le calme reviendra comme dans un rêve. Le pauvre contribuable en sera tellement soulagé que jamais plus il ne voudra polémiquer.

Sur ce, il repousse son assiette, se lève dans un silence assourdissant, extirpe sa pipe et se retire vaillamment, sans un regard pour l'assistance.

Pendant trois minutes, nous restons médusés, coupables d'avoir été si peu à la hauteur d'un monument d'intelligence. Madame Baha Salah a les jointures des phalanges laiteuses à force d'étreindre sa serviette. En face, Dine n'arrive pas à retrouver son souffle. Tout le monde se regarde, et personne n'ose hasarder un mot. Finalement, c'est moi qui manifeste le premier signe de vie en buvant deux gorgées d'eau qui, dans le mutisme abyssal, résonnent dans mon gosier comme les deux bombes de la soirée.

— Fabulation ! lance Kader Leuf du bout de la table.

— Ouais ! grogne Baha Salah. Il se prend pour le Néron de l'érudition.

— Goebbels avait raison. Il faut sortir son revolver dès qu'un type sort un bouquin, ricane Haraj.

— Au diable ! ces intellectuels. Ils se croient plus malins, c'est pourquoi ils l'ont dans le baba, dit un gars solide avec un front de bélier d'assaut. Sois gentil, mon mignon, passe-moi le plateau argenté là.

— Ces intellos, parlons-en. Y a qu'à les voir se crucifier sur les chaînes de télé étrangères. D'insecourables victimes expiatoires. Ils ont peur, ils dorment mal, ils sont traqués, ils peuvent pas aller chercher leur bagnole dans le parking, on veut leur faire la peau, ils sont seuls, ils se battent sur tous les fronts...

— Ce qu'il ne faut pas faire pour une misérable carte de séjour !

— Attention, fait remarquer Amar Bouras, y en a à qui ça a réussi. J'ai connu un minable gratte-papier qui se découpait en quatre pour aligner une phrase. Maintenant, c'est une lumière. Il rafle des prix à chaque coin de rue.

— M'est avis que les Occidentaux sont un chouia gaga. Suffit de leur dire qu'on est condamné à mort pour les culpabiliser.

— Condamnés à mort ? Ça veut dire quoi, condamnés à mort ? Les pauvres bougres qui se font dépecer sur les routes, dans les douars, sous les yeux de leurs gosses, ils étaient condamnés à mort, eux ?

— *Astaghfirou Llah*[1] *!* soupire Cheikh Alem, le cou avalé par les épaules.

— ...coutez, les gars, s'énerve Baha Salah en désignant d'un geste vaste les monticules de victuailles. Nous sommes ici pour déconner, mais faut pas abuser. Oublions ces chiens, je vous en prie.

— De toute façon, ils n'empêcheront pas la caravane de passer, ajoute Haraj.

Les bras se ruent sur les plateaux dans une chorégraphie spontanée, les bouches se muent en soupiraux, le cliquetis des fourchettes se déverse dans la salle, jalonné de bruits de succion.

— Le saumon est vachement succulent, glousse une allumeuse en léchant voluptueusement ses doigts.

— Madame Rym, lance un play-boy de sous sa mèche blonde, permettez-moi de vous dire que votre crème anglaise est un délice.

---

1. *Astaghfirou Llah !* : demande absolution, pardon à Dieu.

— C'est la reine Élisabeth en personne qui l'a préparée pour moi.

Des rires, et on tourne la page sur le docteur Bendi, les bombes et les misères de la terre.

Madame Baha Salah profite du brouhaha pour se retirer sur la pointe des pieds.

Ma voisine de droite cherche ma jambe sous la table.

— Vous ne mangez pas, monsieur Llob ?

— Je surveille mon obésité.

Sa main taquine mon genou, s'étale sur ma cuisse, s'amuse dessus d'aval en amont. Sa témérité me prend au dépourvu. Son regard imperturbable me désarme. Je me raidis. Elle traduit ça en consentement et poursuit sa randonnée à travers des contrées censées être tabouisées.

— Inutile de vous aventurer plus loin, madame. Mon starter ombilical est grippé depuis des lustres.

— Je suis très calée, vous savez ? Je peux vous arranger ça en moins de deux.

— Je n'en doute pas, mais ce n'est pas nécessaire.

Elle retire sa main, la ramène sur la table. Sans ravaler son sourire, elle me contemple longuement et me confie :

— Vous êtes diablement sexy.

— Apparences, ma chère. En réalité, je suis un peu comme le melon. Je prends du ventre au détriment du pédoncule.

Sur ce, je jette l'éponge et me lève.

— Sans rancune, madame ?

Elle me cligne de l'œil, fair play.

Dine me rattrape, désapprobateur :

— Décidément, tu es impossible. Qu'est-ce qu'il y a encore ? Tu ne peux pas tenir en place une seconde ?

— Je veux rentrer chez moi.

— Je suis en train de monter une affaire, bordel !

— Rien ne t'en empêche. Je vais prendre un taxi.

— Pas question. Nous sommes venus ensemble, on repartira ensemble. Écoute, sois sympa, merde ! De toute façon, tu auras le cafard chez toi. Accorde-moi juste une petite heure.

— Une demi-heure, Dine. Je ne tiendrai pas une minute de plus.

— Très bien.

— Y a pas un coin où je peux prendre mon mal en patience. La vue de cette racaille dorée me torture.

— Il y a une bibliothèque. Tu prends le couloir jusqu'au hall. C'est sur ta gauche. Vas-y te dégriser un peu. Y a des bouquins fabuleux, une télé géante et une vidéo.

J'opine du chef et vais jusqu'au hall. À gauche, une porte massive capitonnée s'ouvre sur une pièce grande comme un gymnase encombrée de canapés en cuir, d'argenterie et d'étagères intermi nables truffées de bouquins. J'allume une cigarette et commence à chercher un auteur intéressant. Au moment où j'opte pour Naguib Mahfouz, un gémissement m'interpelle. Je me retourne. La pièce est vide. Un autre gémissement m'oriente sur une petite porte dissimulée derrière un minibar que je n'avais pas remarqué en entrant. Je m'approche, jette un coup d'œil par le trou de la serrure et je vois, assis dans un fauteuil, les jambes écartées sur une superbe érection et les bras sur les accoudoirs, le docteur Bendi et, à ses pieds, prise de frénésie, madame Baha Salah en train de se déshabiller en lui administrant une vertigineuse fellation.

Je n'en peux plus.

— T'es jaloux de mon aubaine ou quoi ? râle Dine en conduisant comme un dingue. J'étais à deux doigts de conclure l'affaire de ma vie.

Je le laisse bramer tout son soûl. Mes pensées profitent de mon ras-le-bol pour élargir le gouffre qui s'applique à m'absorber inexorablement au fond des ténèbres. Je n'éprouve plus le besoin de m'accrocher ; pire — c'est avec une sorte de paix intérieure que je me laisse sombrer, les choses de la vie me devenant toutes vilaines. Que suis-je allé chercher chez madame Rym ? À quoi rimait cette mascarade grossière, révoltante de crétinisme ? Dois-je me faire définitivement à l'idée que rien ne résiste au fric, que tout s'achète, que tout se vend, *absolument tout* ?

Je suis horrifié.

Ma troisième cigarette consommée en moins de quinze minutes, n'arrive pas à m'asphyxier pour de bon.

Dine brûle un stop et fait hurler les pneus de sa

voiture dans un virage serré. Il est hors de lui. Son poing martèle le volant, cogne sur le levier de vitesses. Son cirque ne me distrait guère. Dans un tournant, le véhicule tangue dans un nid de poule, m'envoyant cogner la vitre. Dine ne s'en aperçoit pas. Digérant mal mon départ précipité de chez la plus belle veuve du Grand Alger, il tente d'extérioriser sa colère en écrasant furieusement le champignon.

— Mon chéri, ce n'est pas avec une mine d'enterrement qu'on a des chances de séduire le destin, rage-t-il. Dépêche-toi de te refaire le portrait chez un esthéticien. Tu es franchement désespérant.

Désespéré, plutôt. Désespéré de voir mon monde s'étioler dans le souffle des chimères ; désespéré de constater, à mon âge finissant, que plus rien ne subsiste des espoirs que je m'escrimais à entretenir, malgré l'adversité, malgré l'avancée *hunnique* de l'opportunisme et de la boulimie des arrivistes. Ah ! Dine, que sont-elles devenues, ces années gaillardes où tu improvisais d'incroyables acrobaties pour joindre les deux bouts ? Où est passé ce gars superbe dont le salaire de misère n'affectait en rien la droiture ? Les appâts étaient tentants pourtant. C'était facile de *faire comme tout le monde*, de se frayer une petite place au soleil, d'user de son influence pour bénéficier d'une rente consistante ; c'était tellement à portée de toutes les bourses tant le bled sentait le moisi.

Mais certains ont choisi de ne pas renoncer au serment des justes, de ne pas troquer leurs principes contre des privilèges fallacieux. Ils ont gardé l'honneur par-dessus les fortunes ; ils sont restés debout dans les opacités.

Ma quatrième cigarette me renvoie vingt-sept années en arrière, dans un petit commissariat d'El Hamri, un quartier pauvre d'Oran. J'y avais débarqué un matin d'avril, ma valise dans une main et dans l'autre un document. Il pleuvait des cordes, ce jour-là, le ciel était terrible. J'étais en mission, déjà dépaysé. Je découvrais une ville que je ne connaissais pas. Il y avait un bonhomme jovial derrière un bureau périclitant. Il ne savait pas parler sans ponctuer ses phrases d'éclats de rire. Son sourire égayait, à lui seul, l'orage du dehors. Il s'appelait Dine. Nous sommes devenus amis dès la première poignée de main, et nous le sommes restés des années durant, malgré les péripéties d'une carrière de chien. Mais, il est, paraît-il, des façades robustes qui s'émiettent brusquement au moindre attouchement.

Nous arrivons devant mon immeuble. L'avenue est déserte. Les quelques lampadaires rachitiques qui s'alignent sur le côté évoquent des spectres réduits à la mendicité. Une lumière pâlotte auréole leur tête d'un nimbe consternant. Les jours d'antan sont partis. Les loubards qui chahutaient au fond des portes cochères ont disparu. Les boutiquiers baissent leur rideau dès la tombée de la

nuit. La rue est alors livrée aux affres de l'incerti-
tude, aux brises désœuvrées et aux chiens errants.

— Secoue ta grosse caisse, me gronde Dine. La
vie, c'est un choix : ou tu quittes ou tu doubles.

— À ton avis, ça va chercher dans les combien,
vingt-sept années d'amitié exonérées d'impôts ?

Ma voix détimbrée le surprend, le désarçonne
littéralement. Il commence par lâcher le volant,
recule contre la portière pour m'affronter. Ses
moustaches frissonnent.

— Pardon ?

— À quel jeu tu joues ? lui dis-je à bout
portant.

Il ne comprend pas, mais perçoit nettement le
roussi.

— C'est quoi, ce charabia, Brahim ?

— À quel jeu tu joues ?

Il déglutit.

— Je ne te suis pas.

— Du moment que c'est moi qui n'arrête pas
de te courir après comme un toutou.

Il regarde devant lui, s'intéresse vaguement à
un chat en train d'éventrer méthodiquement un
sac poubelle. Il essaie de récupérer son souffle, de
remettre de l'ordre dans ses idées. Il se retourne
enfin sur moi. Cette fois, ce sont ses yeux qui ne
suivent pas.

— Tu es sûr que ça va ? bredouille-t-il.

— Sûr et certain. Par contre, je ne pense pas
que ça aboutisse à quelque chose de positif.

— Oh ! là là, tu es en train de flirter avec la paranoïa, si tu veux mon avis.

Avec mes deux mains ouvertes, je le prie de ne pas anticiper.

— Écoute, Dine. C'est vrai que j'ai reçu une sacrée tuile sur la tronche, mais de là à tabler que j'en ai perdu la boule, c'est pas gentil... D'abord tu viens m'enlever de chez moi pour m'emmener *manu militari* dans le plus prestigieux restaurant de la ville. Comme par hasard, madame Rym a réservé la table d'à côté.

— Pure coïncidence.

— Admettons. Ensuite, ce soir tu files droit chez elle sans demander ton chemin.

— Je lui avais téléphoné dans la journée pour le lui demander.

— Téléphoné ?

— C'est pas une extraterrestre. Son numéro figure sur l'annuaire.

J'opine du chef, parfaitement détendu.

— Jusque-là, tu t'en sors bien. Maintenant, voyons si tu as réponse à tout... Tu laisses supposer que tu n'as jamais mis les pieds chez elle, auparavant ?

Intrigué, il déclenche sa tête chercheuse en vue de déceler une anomalie dans ses plans. Ses sourcils se rapprochent. Ne relevant rien de compromettant, il revient me faire face avec une certaine agressivité.

— C'est exact.

— Tu n'as jamais mis les pieds chez elle avant ce soir ?

De nouveau, le doute lui voile les traits, mais il se ressaisit vite et tonne :

— Jamais !

— Dans ce cas, comment se fait-il que tu saches que la bibliothèque se trouve au fond du couloir, à gauche dans le hall, et qu'à l'intérieur il y a des bouquins fabuleux, une télé géante et une vidéo.

Détail infime, négligeable, futile... Dine devient livide. On dirait qu'il s'est déshydraté en un tournemain. Sa bouche tremble, incapable de trouver ses mots, et sa pomme d'Adam se fige en travers de sa gorge.

Avec le pouce et l'index, je lui fais « pan ! » et descends de la voiture.

Ce n'est qu'en atteignant le palier du troisième que je l'entends démarrer.

*

Quelqu'un est venu me rendre visite pendant que je me trouvais chez madame Rym. Il a oublié d'éteindre derrière lui. Mon salon ressemble à un capharnaüm : fauteuils renversés, abat-jour disloqués, édredon retourné. Ma bibliothèque de fortune gît par terre, les livres ébouriffés et les tiroirs dispersés. Dans ma chambre à coucher, on a uriné dans les draps et dessiné des cochonneries sur les murs. On a laissé un message bilingue à mon attention, tracé avec un bâton de rouge à lèvres. En arabe, on me somme de prendre attache avec les fossoyeurs les plus proches. En français, on me traite d'enfant de putain et de mauvaise graine.

Tandis que je constate les dégâts, une ombre envahit mon vestibule. Je sors mon flingue et bondis dans le couloir, le doigt sur la détente.

— Ne tire pas, tonton Brahim.

C'est Fouroulou, un petit gars qui partage le veuvage de sa mère au sixième. Il lève les mains en l'air, blafard, épouvanté par le canon de mon arme.

— On frappe avant d'entrer. J'aurais pu te descendre.

Il opine du chef et rabaisse les bras.

Fouroulou est le gavroche du quartier. On dit qu'il ne dort jamais. À dix-sept ans, c'est déjà un homme aigri. Trop âgé pour l'école, trop jeune pour l'embauche, il demeure largement disponible pour les quatre cents coups. Il venait régulièrement à la maison proposer au benjamin de mes gosses des astuces lucratives, genre commerce dans les friperies de Marseille. Depuis quelque temps, il s'est reconverti en marchand de cigarettes à la sauvette. Il tient une brouette transformée en mini-kiosque à l'angle de la rue. Du matin au soir, il reste cloué à son tabouret, le radiocassette braillard, à taquiner les filles et à faire crédit aux chômeurs de la cité.

Je range mon flingue sous mon ceinturon.

— Tu étais là ?

Il fourrage dans ses poils de carotte et fait oui de la tête.

— Il était quelle heure ?

— Bof !

Je vais fermer la porte à clef pour qu'on ne nous dérange pas et l'invite à s'installer sur une chaise dans la cuisine. Il se sert un verre d'eau, l'avale d'une traite et s'essuie la bouche sur le poignet. Il paraît tarabusté. J'attends qu'il se stabilise avant de lui demander :

— Ils étaient combien ?

— Quatre... trois sont entrés, l'autre montait la garde au bas de l'escalier.

— Tu étais où ?

— Je comptais ma recette au cinquième. Ils étaient venus à pied parce que je n'ai pas entendu de bruit de voiture, ni à l'arrivée, ni au départ. Les types ne se sont pas attardés sur le palier. Ils avaient des clefs. J'ai pensé alerter les voisins, mais ils étaient armés.

— Tu peux me les décrire ?

— Ils portaient des déguisements...

— Par exemple ?

— Des nez énormes, avec des moustaches en forme de guidon, de faux sourcils et des bérets. L'un d'eux a soulevé sa perruque pour se gratter la tête. Mais c'étaient des costauds. Le moins bien charpenté dépassait facilement les cent kilos. Ils

sont restés une bonne dizaine de minutes à l'intérieur, puis ils sont repartis avec un cabas. Ils
étaient pas pressés du tout.

— Ils ont dit quelque chose ?

— Pas vraiment.

— Leurs armes ?

— Des fu...

Il freine net, la gorge contractée, se verse un
autre verre d'eau et le boit d'une seule rasade. La
sueur suinte sur ses tempes, ruisselle sur ses joues
et converge vers le menton qu'il a étroit et long,
pareil à un entonnoir.

— Je peux pas les identifier, tonton Brahim. Je
connais que dalle aux armes.

— C'est pas grave.

Sa figure mouchetée de taches de rousseur
s'embrase. Il se lève presque pour me dire :

— Si j'avais une pétoire chez moi, sûr que je
leur aurais fait de gros trous dans le buffet. J'avais
honte de croiser les bras pendant qu'ils flan-
quaient tout par terre. J'ai même pas de téléphone, autrement j'aurais alerté la police.

Je lui tapote la joue pour lui prouver que je ne
lui en veux pas.

— Tu n'as rien à te reprocher, mon gars. Ces
types, c'étaient pas de vulgaires voleurs à la tire.
La sirène des flics ne les préoccupe pas. C'étaient
des tueurs. D'implacables machines à canarder
sans distinction d'âge ou de sexe. Ils n'auraient pas
hésité à te défoncer le crâne si tu t'étais manifesté.

94

Tu as agi sagement, et je t'en félicite. Remonte auprès de ta mère, maintenant. Et pas un mot.

— Je les ai suivis, tu sais ? s'accroche-t-il comme s'il ne parvenait pas à se débarrasser de son complexe de culpabilité. Un fourgon les attendait derrière la passerelle. Une Renault J-5 crème. J'ai relevé le numéro.

*

La police scientifique investit mon repaire tôt le matin. Je n'ai touché à rien. Pour ne pas l'encombrer, je me retire dans la cuisine et fais celui qui n'est pas là.

Lino me rejoint, la bouche affaissée.

Il est gêné par mes déconvenues en série et n'arrive pas à s'y hasarder. Il redoute ma réaction.

Il s'assoit à califourchon sur une chaise, repose le menton sur le dossier et s'emploie à apprivoiser mon regard.

Je ressens son chagrin. Il n'y a pas de doute, il subit ma mise en quarantaine comme une amputation.

Nous sommes ensemble depuis combien d'années ? Dix, douze ans ? Combien de peines avions-nous partagées, combien de joies ? Une vie entière ne suffirait pas à les recenser. Il s'est habitué à mes coups de gueule, à mes volte-face fulgurantes, à mes boutades et à mon tempérament d'homme frustré, pas toujours raisonnable, mais droit et inflexible. C'est vrai que je le reléguais machinalement au rang des souffre-douleur, qu'à chaque fois que les choses m'échappaient, je l'en tenais pour responsable ; c'est vrai que je le considérais comme menu fretin, refusant de lui trouver du mérite simplement parce qu'on négligeait le mien, mais je l'aime profondément, et il le sait.

La faille qui départageait nos deux générations, les perpétuels conflits qui en résultaient, mon éducation de campagnard qui s'opposait à sa désinvolture de citadin nourri au biberon, enfin l'ensemble de ces incompatibilités d'humeur et de mentalité, loin de nous écarteler, a fini par nous rapprocher au point de nous confondre. J'étais son chef certes, mais j'étais d'abord son vieux pote, son « commy » avec ce que ça comporte de familiarité et d'intimité, et mon mauvais caractère l'attendrissait plus qu'il ne l'enquiquinait.

Il est des histoires d'hommes qui rejoignent la légende dans ce qu'elle a d'essentiel. La nôtre est essentielle parce qu'elle est simple. C'est l'histoire d'une amitié à l'état brut, qui s'implique autant que la complicité, aussi têtue que l'amour ; un tissu de tendresse enroulé autour d'une hampe de solidarité et qui, lors des bourrasques, se déploie automatiquement dans le ciel et claque de tous ses pans, tel un étendard sacré. Je vous jure que l'on triomphe des pires mauvaises passes rien qu'à l'entendre ralinguer par-dessus nos têtes.

Lorsque, dans le silence sournois de la nuit, je

me surprends à dresser l'inventaire de ma chienne de vie et que nulle part je ne tombe sur un bout de satisfaction ; lorsque je suis amené à reconnaître l'ampleur de mes torts et de mes bévues — moi, qui excellais dans l'art des complications —, j'ai alors l'excuse de cette amitié qui me sauve la mise car il n'y a pas plus lamentable guigne, plus sauvage gâchis, plus pitoyable infortune que de se faire un maximum d'ennemis et pas un seul ami.

— Tu as une idée sur l'identité de tes esprits frappeurs ?

Je fais la moue.

— J'en ai un tas.

— C'étaient peut-être des cambrioleurs...

— Armés jusqu'aux dents ?

— C'est à la mode, de nos jours.

Je fais non de la tête :

— C'étaient pas des voleurs.

— Ils cherchaient donc à te descendre.

— Ils savaient que j'étais ailleurs.

Il dodeline du menton, sérieusement dépassé.

— Ils ont pris quoi ?

— Un manuscrit que je fignolais.

— *Magog* ?

— Entre autres. Mon journal de flic aussi, et deux calepins truffés de notes éparses, et mes photos de famille, quelques rapports de lecture découpés dans la presse...

— Des bijoux ?

— Mina a tout emporté avec elle.

— Pognon ?

— Oui, mes économies. Pas grand-chose. Beaucoup plus pour brouiller les cartes que pour s'enrichir. Tu as remarqué les dessins obscènes sur les murs ?

— J'ai demandé au photographe d'en prendre des clichés. Le message n'est pas signé. À ton avis, c'est d'un « émir » ?

— Possible. Je dérange, remue la merde. Ça peut être n'importe qui : la mafia, les politiques, les intégristes, les rentiers de la révolution, les gardiens du Temple, y compris les défenseurs de l'identité nationale qui estiment que le seul moyen de promouvoir la langue arabe est de casser le francisant. Je suis écrivain, Lino, l'ennemi *commun* numéro 1.

Lino se lève, arpente la pièce de long en large, le front raviné de rides, le poing heurtant sourdement la paume de sa main.

Il s'arrête devant la fenêtre, observe distraitement la rue.

— Bordel de misère ! dans quel pays sommes-nous ?

— Là n'est pas la question.

Un flic vient nous annoncer que la Renault J-5 crème a été retrouvée abandonnée du côté du port. Je le remercie de la tête. Il salue gauchement et s'éclipse.

— Je ne vois pas Ewegh, dis-je.

— Il est resté en bas.

— Pourquoi ?

— Qu'est-ce que j'en sais ? C'est un bloc de granit. Personne n'est fichu de deviner ce qu'il couve à l'intérieur. À mon avis, la façon avec laquelle on t'a remercié l'a secoué. Il n'en parle pas, mais il est bizarre depuis qu'il a eu vent de ton renvoi.

Hadi Salem m'a demandé de passer le voir dans son bureau. Je n'ai pas sauté au plafond. C'est le genre d'énergumène à ne pas rencontrer de bon matin si vous comptez faire quelque chose de votre journée. Mais il a le privilège d'être très ami avec Slimane Houbel.

Son sultanat sévit au coin de la rue des Trois-Horloges, au dernier étage d'un immeuble austère, à proximité d'un souk effervescent. L'ascenseur étant réservé aux seuls notables de la ville, je me tape les cent dix marches de l'échafaud sans rechigner.

Une espèce de garde-chiourme en hijab, avec des nibards gros comme des airbags, m'intercepte dans le couloir, vérifie mes papiers et me bouscule jusqu'au chef du secrétariat. Ce dernier range subrepticement quelque chose dans son tiroir en me voyant arriver. Son visage en lame de couteau retrouve son calme quand il se rend compte que mon costume lustré n'a rien à voir avec le look des gros bonnets. Du doigt, il congédie mon geôlier et me somme de prendre place sur une chaise métallique implantée là à l'attention des moins-que-rien de passage.

— Vous êtes en retard, monsieur Llob.

— À l'image de la nation.

Il n'apprécie pas le rapprochement et fait mine de gribouiller dans un calepin, histoire de me faire croire qu'il travaille d'arrache-pied.

Je sors mon paquet de cigarettes. Tout de suite, il me désigne un écriteau qui interdit de fumer. J'acquiesce et rengaine ma pollution.

Le bonhomme s'arrête de griffonner, recule pour apprécier sa calligraphie de chat. Satisfait, il se penche de nouveau sur son bloc-notes et repart dans une rédaction inextricable en tirant la langue à chaque majuscule.

Comme je commence à trouver le temps long, je m'intéresse au mobilier. Il y a un coffre-fort dans un coin, un canapé usé à côté d'une porte-fenêtre sans rideau, un cendrier chinois sur une table basse et, sur le mur, une toile poussiéreuse représentant un panier en osier rempli de poires — un portrait de famille, je présume.

— Monsieur Salem a du monde ?

Sans lever la tête, il me montre l'horloge murale avec la pointe de son crayon. Il est treize heures trente.

— Il n'est pas encore arrivé ?

Son crayon bifurque et me désigne une lampe

rouge allumée par-dessus la porte capitonnée, à gauche.

— Ça vous ennuierait d'éclairer ma lanterne ?

Il repose son crayon d'un geste excédé et consent à me regarder.

— C'est l'heure du *Dohr*, monsieur Llob. Monsieur Salem est en prière.

Mes indiscrétions ont faussé son inspiration. Il se relit, ne retrouve pas sa verve, arrache le feuillet, le froisse et le balance dans une poubelle étonnamment vide.

Un silence chargé d'inimitiés s'installe entre lui et moi. Deux minutes après, il se souvient de son tiroir, en ramène une tasse de café qu'il dépose devant lui et découvre un jeune cafard dans son breuvage. Nullement désappointé, il plonge le doigt au secours de la bestiole et, d'une chiquenaude magistrale, il l'envoie voltiger à travers la pièce.

La lampe passe du rouge au vert.

Sans se dépêcher, le secrétaire appuie sur un bouton et m'annonce dans l'intercom.

— Faites-le entrer !

Hadi Salem est assis en fakir sur sa natte de prière, semblable à un crapaud sur sa feuille glauque. Dans son esprit de faux dévot, je suis censé le surprendre en pleine ascèse. Dans le mien, je ne comprends pas comment il a fait pour atteindre son bureau, actionner le vert de la lampe et répon-

102

dre dans l'intercom sans se relever de sa proster-
nation.

Je dois patienter qu'il ait fini de marmotter.

— Je vais te tirer par le bout du nez jusqu'à ce
que tes oreilles te rentrent dans la tête, dit-il en se
redressant.

Et il me saute dessus dans un chapelet d'em-
brassades spectaculaires.

— Gros tas d'ordure ! exulte-t-il. Toujours à
fourrer ta trompe là où il ne faut pas. Incorrigible
saleté d'emmerdeur, va. Une camisole ne suffirait
pas à te contenir.

Il me repousse au bout de ses bras pour me contempler, m'attire contre sa poitrine de catcheur et
salive abondamment sur mes joues. J'ai l'impression de tournoyer au cœur d'un cyclone.

Sa chaleur l'éprouve vite. Il m'installe avec infiniment de précaution dans un fauteuil et recule
d'un pas, les poignets contre les hanches. *Il n'en
revient pas.* Il reste debout, attendri et content de
constater que je suis là, sous ses yeux, en chair et
en os, lui qui me consacrait les rapports les moins
élogieux, qui exhortait énergiquement mon directeur à me briser, qui n'hésitait pas une seconde à
renverser le pouce par terre dès que j'avais les
quatre fers en l'air.

— Sacré corniaud de putain de fils de garce !
Tu peux pas savoir combien je suis content de te
revoir. Ça fait un bail, n'est-ce pas ?

Salem et moi sommes de la même promo. Nous

avons suivi le même stage d'agent de recherche en 63. Il a échoué à tous les modules et fut muté dans la gestion administrative. Il s'occupa du Social de la troupe pendant des années et éleva, tant pour lui que pour ses patrons, des palais dans toutes les villes. Il avait pigé depuis le début, lui. Le bled était compartimenté en deux zones franches. D'un côté, le territoire des magouilleurs, des lèche-bottes et des maquignons, de l'autre, celui des illuminés, des pisse-vinaigre et des mangeurs d'enfants. Il a choisi son camp et il ne s'en plaint pas. Pendant que je traquais les délinquants, il prospectait dans les eaux troubles. À défaut de compétence — mère de tracasseries —, il s'est confectionné un certain art dans la falsification des factures et la corruption. Résultat : il est riche comme Crésus, dispose d'un département influent au niveau de la Délégation, et les âneries qu'il débite passent pour d'incontestables prophéties.

Il s'assoit d'une fesse sur l'angle de son bureau, entrecroise les doigts autour de son genou et continue de m'admirer.

— Cette bonne vieille tête de mule de Brahim ! Qu'est-ce qu'il ne faut pas faire pour l'accrocher au haut d'un javelot ! Tu n'as pas changé d'un iota, fumier ! Tu te rappelles quand on se recyclait au centre de la Soumaa ? Au fait, qu'est-elle devenue, la femme de ménage qu'on se disputait à longueur de journée ? Elle s'appelait comment déjà ? Wardia ? Tu te souviens du châssis qu'elle trimbalait ? Putain ! J'arrivais pas à mettre un sou de côté, avec elle.

Il libère un rire gargantuesque et reprend :

— Et le brigadier Kada ? Dieu ! C'que tu le tournais en bourrique. Tu as failli l'envoyer chez les dingos... (son ton s'éteint subitement) : Tu étais marrant, à l'époque, Brahim. Tu étais épatant. Qu'est-ce qui a bien pu se passer dans ta tête pour que tu vires à 180° ?

— C'est à cause du vent, Hadi, à cause du vent.

— Le vent tourne, et les girouettes aussi.

— Pas le vent des discours et des démagogies.

Ses doigts se détachent, rampent sur sa cuisse. Il devient sombre.

— Brahim, on est copains, pas vrai ?

— C'est toi qui vois.

— Justement, c'est moi qui vois. Mon regard est limpide. Il porte plus loin que tes coups de gueule creux et embarrassants. C'est le regard d'un homme averti, qui sait d'où il vient et où il va, ce qu'il veut et ce qu'il doit céder aux autres, ce qu'il peut et ce qu'il ne peut pas. Par contre, toi, tu te rues droit vers l'abîme, les œillères rigides d'inconscience stupide... Je suis peiné par ce qu'il t'arrive. C'est vrai, tu n'as pas démérité, mais je serais malheureux si la police venait à perdre un élément de ton envergure. Ce serait du gâchis, Brahim, un monumental gâchis.

— ...

— Il y a trois jours, j'ai eu un entretien avec

Slimane Houbel. Il a piqué une crise quand je lui ai parlé de toi. En mon âme et conscience, je trouve que tu es allé trop loin avec ton bouquin de merde. C'est d'une inadvertance déconcertante. Je ne dis pas que tu n'as pas de talent. Bien au contraire, ta plume vaut son pesant d'or...

— Et ça pèse combien, une plume ?

— Restons dans le vif du sujet, tu veux ? J'essaie de réparer ce que tu as bousillé. Tâche de ne pas te montrer ingrat. Il m'a fallu deux monstrueuses heures pour convaincre Slimane. J'aurais mis moins de temps pour raisonner un mollah, et tu le sais. Aux dernières nouvelles, la lettre de ta mise à la retraite a été récupérée. À l'insu de monsieur le Délégué. Nous avons pris un risque fou. Ne nous déçois pas.

Voyant que ça ne m'emballe pas, il poursuit :

— Avec un peu de chance, tu reprendras du service avant la fin du mois. Tes hommes sont démoralisés. Ton lieutenant a déposé une demande de mutation. J'ai dépêché un commissaire au Central. C'est désormais un mouroir, là-bas. Ton directeur a même sollicité une audience pour que tu réintègres.

Je demande la permission de fumer.

Il me l'accorde.

— Ça m'émeut vraiment, dis-je en soufflant la fumée dans sa direction. En contrepartie, je suis supposé le mériter.

Il passe derrière son bureau. Moment capital. Il

joint délicatement les mains sous ses lèvres, concentre son regard *limpide* sur moi. Un silence grave s'ensuit, légèrement grignoté sur les bords par les bruits atténués du souk.

— Avant de me répondre, prends le temps de réfléchir. Comme je te connais, impulsif et susceptible, je préfère attendre une semaine s'il le faut. Pour l'amour du ciel, Brahim, ne dis rien tout de suite. Contente-toi d'enregistrer et rentre chez toi méditer.

— Je suis prêt.

Il respire profondément, s'éponge nerveusement dans un mouchoir. On dirait que sa carrière, sa fortune, son sort dépendent de ma décision.

— Tu dois reconnaître publiquement que tu as été mal inspiré, que ton bouquin est une initiative malheureuse, le fruit d'un moment difficile... Je t'en prie, ne dis rien. Ce n'est pas la mer à boire, après tout. On ne te demande pas l'impossible. Une petite déclaration à la presse, sans trop de fanfare. Si tu veux, tu peux passer à la télé. Noureddine Boudali est d'accord pour te recevoir sur son plateau. C'est un as. Il arrangera ça comme tu l'entends. Suffit de deux mots, Brahim, deux misérables mots : *Je regrette...*

Le silence, cette fois, est absolu. On entendrait battre le sang dans les tempes de Hadi. Même les échos du souk se sont estompés. Hadi Salem se noie dans ses transpirations.

J'écrase ma cigarette dans le cendrier, me lève.

Hadi Salem s'accroche à mes lèvres, désespéré, suppliant.

Je lui dis :

— La seule chose que je regrette est d'être passé te voir.

Il s'ébranle. Son angoisse cède instantanément la place à la colère. Ses prunelles, un moment vitreuses, s'enflamment d'une haine abominable. Il s'arc-boute contre son bureau, recule dans son fauteuil et me considère intensément.

— J'aurai au moins la conscience tranquille, fait-il.

Je n'ai pas besoin d'un schéma pour comprendre où il veut en venir.

*

C'est une voiture rouge aux vitres teintées. Elle porte une large éraflure sur l'aile droite. Je crois l'avoir aperçue ce matin, stationnée en face du garage où je me rendais pour récupérer mon tacot. Il y avait un type à l'intérieur car une ombre a bougé. Je n'ai pas fait beaucoup attention. Et la voici qui réapparaît, au coin de la rue des Trois-Horloges, deux roues sur le trottoir et les deux autres dans la rigole.

J'entre dans le premier café qui se présente à moi.

— Il y a un téléphone ? je demande.

— La poste est sur la place, rétorque le cafetier.

Il astique frénétiquement devant moi.

— Vous êtes souffrant ?

— Pas vraiment.

Il me dévisage de guingois :

— Vous êtes pâle et vos mains tremblent.

— Un coup de froid, peut-être.

— Par cette chaleur ?

Il se méfie.

Pas étonnant, avec le syndrome des bombes artisanales que l'on oublie, dissimulées dans n'importe quoi, sous les comptoirs.

Un balèze s'encadre dans l'embrasure de la porte. Sa carrure de videur noie le salon sous son ombre. Barricadé derrière des lunettes de soleil, il tourne la tête à droite et à gauche, s'attarde sur moi et s'en va, libérant un flot de lumière éblouissante.

— Qu'est-ce qu'on vous sert ?

— Eau minérale.

Je me désaltère sous le regard de plus en plus intrigué du cafetier, paie et m'éclipse.

Dehors, la rue grouille de monde, mais la voiture rouge s'est volatilisée.

Elle me rattrape deux jours plus tard, boulevard Mohamed-V. Le temps de décider de tirer au clair l'histoire, elle démarre en trombe et disparaît au premier tournant.

Le petit manège va durer une semaine. De toute évidence, on se veut indiscret. Une voiture rouge, toujours la même, garée de façon à se faire remarquer... On cherche à m'effaroucher. On s'y serait pris autrement si on voulait me liquider.

Le huitième jour, elle revient caracoler dans mon rétroviseur. Cette fois, c'en est trop. Je file vers une cité banlieusarde, laisse ma charrette dans une cour, m'engouffre dans un immeuble, passe par la terrasse et ressors par une porte de secours, de l'autre côté. Je contourne deux pâtés de maisons et arrive par-derrière.

La voiture rouge s'embusque dans une ruelle déserte, à deux cents mètres de la mienne. Je m'approche sur la pointe des pieds, en rasant les murs, la main sous la veste.

— On ne bouge plus ! je crie en arrachant presque la portière, le flingue vaillant.

Le bonhomme ne bouge pas.

Il est éffondré sur le volant, les bras ballants et les yeux exorbités.

Quelqu'un m'a devancé pour lui tordre le cou.

*

Le même soir, tarabusté par la tournure que prenaient les événements, je tombe sur un jeune homme sur mon palier. Il est sale, débraillé, le faciès faunesque hérissé d'une barbe de fugitif. Je ne l'avais jamais entrevu dans les parages avant. Sans chercher à comprendre, je lui saute dessus comme un forcené et lui flanque mon 9 mm contre la tempe.

— Tonton Brahim, hurle Fouroulou en dévalant à toute vitesse l'escalier. C'est mon cousin. Il est un peu attardé.

À mon avis, il n'est pas le seul.

Je le relâche et cours me réfugier dans mon gourbi.

Depuis une heure, à travers la baie vitrée d'un salon de thé, j'observe la foule somnambulique qui piétine autour de la Grande Poste sans déceler un visage familier. Les gens vont et viennent dans des ressacs effrénés sans se rendre compte qu'ils se rentrent dedans. Dans leur regard en naufrage, pas la moindre île en vue. La menace qui les guette au tournant semble loin de les incommoder. La semaine dernière, un véhicule piégé a sauté à une centaine de mètres de là. Les corps déchiquetés ont été ramassés à la petite cuillère. À peine les sirènes des pompiers s'étaient-elles tues que la vie a repris le dessus comme si de rien n'était. La mort, une fois banalisée, devient décor parmi les décors. C'est le calme qui s'ensuit qui s'en retrouve suspect.

En face de moi, une dame peinturlurée me fait les yeux doux. Elle tient son verre de citronnade comme on tient à la vie, cependant il y a, sur son visage, une ride qui ne trompe pas. Cette femme est seule, elle cherche un ami. Elle perçoit ma solitude, c'est pourquoi elle compatit.

— Vous avez une cigarette ?

Sans me laisser le temps de porter la main à ma poche, elle quitte sa table et vient s'asseoir à la mienne, son verre au poing pareil à un trophée.

— J'attends quelqu'un, l'avertis-je.

— Nous attendons tous quelqu'un, mais on ne sait pas qui.

Elle pique une cigarette dans le paquet que je lui tends, la roule distraitement entre ses doigts décharnés. Son sourire est triste.

— Je vous observe depuis un bon bout de temps, m'avoue-t-elle.

— Pour être franc, je l'ai tout de suite remarqué.

— Vous deviez croire que je vous draguais.

— Ce serait beaucoup me flatter.

Elle farfouille dans un sac de misère, extirpe un briquet jetable, allume la cigarette et se détourne pour exhaler la fumée.

— Je ne suis pas une putain.

— Je n'ai rien dit.

— Mais vous le pensez... J'en ai l'air, mais je ne suis pas une poufiasse, monsieur Llob. J'ai un métier qui ressemble au vice. On y fume, on y découche parfois, mais on n'y racole jamais.

— On se connaît ?...

Elle décrit le vol d'un papillon d'une main indolente :

113

— On s'est connus...

Elle contemple le bout rougeâtre de la cigarette, l'air absorbé.

— On a même bossé ensemble tout un week-end.

— Vous êtes flic ?

— Dans un sens, pas dans le vrai : je suis journaliste... enfin, j'étais.

J'essaie de retrouver un souvenir sur son visage meurtri, plonge profondément dans ses yeux. Nulle part je ne tombe sur sa trace dans mes archives.

— Malika, m'aide-t-elle agacée par mon trou de mémoire.

Je n'en suis pas plus avancé. Je passe en revue sa robe délavée, grossièrement rafistolée sur l'épaule, ses joues creusées au burin, sa bouche qui ne doit pas rire souvent, ses cheveux mutins qui lui confèrent quelque chose de démoniaque, les bouffées de détresse giclant par ses pores...

— L'affaire de la banque 78, soupire-t-elle. Les deux macchabées dans le coffre-fort.

Le plat de ma main s'abat sèchement sur mon front.

— Malika Sobhi ! Comment ai-je pu oublier ?

— Comment peut-on se rappeler avec cette pagaille qui chamboule notre quotidien ? Ça fait une paie, tout de même. C'était le temps des révolutions, de la chasse aux sorcières et aux réactionnaires... Pourtant, je vous ai reconnu comme ça, fait-elle en claquant des doigts. C'est vrai, vous vous êtes empâté, enfariné sur les tempes, mais vous avez préservé l'essentiel.

— J'avoue que j'ai pas eu le même coup d'œil...

— Moi, c'est pas la même chose. Ma propre mère s'y prendrait à deux fois. La maladie me chiffonne (elle tape du doigt sur sa tête). Deux dépressions, deux années au pavillon des bêtes foraines. Je me foutais à poil dans la rue. Ça a été dur, très dur... J'ai perdu mon mari dans un attentat et une bonne partie de ma raison dans l'Association des victimes du terrorisme où je milite encore.

— Je suis navré.

— Vous êtes bien le seul, croyez-moi. Si vous saviez comment on nous traite. J'ai même été cognée, ajoute-t-elle en renversant sa chevelure sur mes bras pour me montrer une cicatrice sur la tête. Ils ont dit que j'étais une agitatrice, monsieur Llob. Ils ont cherché à me l'enfoncer dans le crâne à coups de matraque.

Un serveur cravaté s'amène, s'excuse poliment auprès de moi, prend fermement la femme par le bras et lui dit :

— Vous importunez monsieur. Veuillez rejoindre votre table, s'il vous plaît.

— On vous a sonné, vous ? lui fais-je écœuré.

Il s'embrouille, avale convulsivement ses glandes salivaires pour m'expliquer :

— Cette dame persécute notre clientèle, monsieur.

— Je paie mes consommations, proteste Malika.

— Votre argent ne nous intéresse pas, madame. Ici, c'est un salon de thé, pas une boîte de nuit.

Je le prie de laisser tomber. Il toise haineusement la femme, hoche la tête et se retire à reculons.

— Le con, maugrée Malika. Il me croit cinglée. Il ne se doute pas que, chez nous, du jour au lendemain, n'importe qui peut toucher le fond.

Je lui prends les mains pour la réconforter.

— Est-ce que je peux faire quelque chose pour vous ?

Ce n'était pas dans mes intentions, mais j'ai touché là une fibre hypersensible. Elle écarquille des yeux horrifiés, frémit d'un seul spasme de la tête aux pieds. Ses pommettes osseuses s'accentuent.

— Quoi ? Qu'est-ce que vous dites ?

Elle repousse mes mains et se dresse dans un fracas :

— J'ai pas besoin de votre saloperie de pitié, monsieur Llob. J'avais juste besoin de parler à quelqu'un.

— Je vous en prie, ne vous méprenez pas sur mon compte. Je ne voulais pas vous offenser.

— Tous les mêmes !

— ...coutez, Malika...

— Bas les pattes, sale flic !

Tout le monde suspend ses gestes dans le salon pour nous regarder. Malika Sobhi n'est plus qu'une loque échevelée, la bouche écumante et les yeux révulsés. Elle m'envoie sa cigarette à la figure, ramasse son sac et s'enfuit.

Je tente de la rattraper.

Elle se rue dans la foule et disparaît sans se retourner.

— Je vous disais bien que c'était une tarée, me souffle le serveur dans le creux de la nuque, content d'avoir le dernier mot.

*

Je suis allé voir la mer se chamailler avec les rochers du rivage sous les piaillements des mouettes survolant l'embrun. Les vagues hystériques ont contraint les pêcheurs à battre en retraite vers le vieil appontement. La plage est complètement submergée et la baie rugit dans un vacarme angoissant. Je ne sais pas combien de temps je suis resté là, puis je suis parti flâner au gré de mes ressentiments.

Je n'ai pas vu le soleil décrocher, ni le soir broyer du noir à l'approche de la nuit. Je ne sais même pas comment j'ai fini devant la gargote de Sid Ali.

Sid Ali agite solennellement un éventail par-dessus son barbecue. Pour se donner de l'entrain, il hume la fumée des grillades en se pourléchant les babines. Me découvrant sur le pas de sa porte, il marque une pause, repose son éventail et essuie

117

ses mains replètes sur son tablier zébré de traînées de sauce.

— T'es toujours de ce monde ? s'exclame-t-il en roulant sur moi telle une vague.

Je le reçois en entier sur la figure, ploie sous son affection. Son odeur de crémation me suffoque.

— Tu me fais la tête ? On ne te voit plus.

— C'est mieux ainsi.

Il sourcille.

— Pourquoi tu dis une ânerie pareille ?

— Paraît que j'ai une gueule cafardeuse.

— Et pis après ? Les amis, c'est pas uniquement pour s'éclater.

— Mon père me recommandait de partager mes joies et de garder mes peines pour moi.

— Il avait tort.

Il recule pour me soupeser, m'enfonce un doigt dans la panse.

— Tu ressembles à une baudruche ratatinée, constate-t-il en me présentant une chaise. Tu es de passage ou pour bouffer ?

— Les deux.

— Je ferme dans moins d'une heure. Ça te dirait de dîner avec moi à la maison ? Les enfants seront contents de te revoir.

— N'insiste pas. Je ne me sens pas bien. Et puis Lino ne va pas tarder à pointer par ici. Arrange-moi une demi-douzaine de merguez beurrées dans une chiée de moutarde et note l'addition sur mon ardoise parce que je suis fauché.

118

Il va servir deux clients au fond de la salle et revient.

— Où t'étais passé ?

— Tu n'es pas au courant ?

Il retrousse les lèvres autour d'une moue.

— Non.

— On m'a retiré ma plaque de flic.

Il reste un instant évasif, se gratte le sommet du crâne et s'entasse sur la chaise d'à côté.

— Ah !...

— Ça n'a pas l'air de te surprendre.

Il ébauche un geste vague de la main.

— Je suis gargotier, j'ai pas assez d'instruction, mais ça veut pas dire que j'ai un nœud entre les épaules. Après tout, à quoi sert la guerre aux inté-gristes si elle ne suscite pas la guerre aux intègres. T'es ni le premier ni le dernier. Pour être franc, je tiens pas à en parler. J'ai tellement dégueulé ces dernières années que je me rends plus aux chiot-tes. Et pis d'abord, à ton âge, qu'est-ce que tu es-pérais de plus ? Qu'on te retire le froc avec ?

Délaissant son ton blasé, il m'enfonce son coude dans le flanc :

— Fais-moi un sourire, va. Écoute voir la der-nière : comment on appelle un kangourou qui ne revient jamais ?

— Si tu penses à un cintre, c'est que tu es le roi des cons.

Il se renverse dans un rire de poussah et fait palpiter les bourrelets de son ventre.

— Tu la connaissais ?

Dix minutes plus tard, il dépose devant moi un plateau ébréché chargé de brochettes, de tranches d'oignons, de piments verts, de pain et d'un carafon rempli d'une décoction maison absolument nauséabonde, et il se répand en face de moi, la figure dans le creux des mains pour me regarder goinfrer.

— Des projets ?

— Surmonter la guigne.

— La ramène pas, s'il te plaît. C'est pas la fin du monde. Y a pas que la poulaga dans la vie. T'en as pas assez, après toutes ces années ? Fais-moi plaisir, mets une croix dessus. Ça sert à rien de don-quichotter. Le monde est ainsi fait. Même le Messie, il pourra pas le redresser. La preuve, quand il reviendra, c'est pour le foutre en l'air une fois pour toutes. C'est pas que je te comprends pas. C'est toi qui fais l'autruche. T'es pas l'avocat des pauvres, encore moins le justicier tombé du ciel. T'es un petit fonctionnaire à deux sous. Tu fais ton boulot, et au dodo, point, à la ligne. Je dis pas que t'en as rien à cirer, qu'il faut pas bouger du tout le petit doigt. Je dis que c'est pas indiqué de chercher à péter plus haut que son cul. L'essentiel, c'est de ne pas tricher. T'as triché, toi ? T'as pas triché. Si les autres le font, c'est pas de ton ressort. Demain, Là-haut, chacun sera seul face à sa conscience.

120

— Sid Ali, pour l'amour du ciel, tu vois pas que je mange ?

— Tu manges avec tes oreilles maintenant ? Et pis, comment veux-tu que j'arrête de jacter, si tu te tais tout le temps ?

*

Lino a coupé sa natte. Il s'est fait dégager les tempes et a bouclé la mèche sur le front. En revanche, il ne s'est pas rasé depuis notre dernière entrevue. Sa chemise à fleurs tropicales, son jean pelé aux genoux et ses baskets d'imitation rappellent un loubard fraîchement débarqué de son douar.

Il salue Sid Ali d'un doigt désinvolte et me fait signe de le rejoindre.

Derrière lui, Ewegh Seddig fait le guet dans la rue. Sa carrure colossale occulte presque la voiture. Solidement campé sur ses jarrets, il domine le trottoir, les bras croisés sur la poitrine, aussi impénétrable que ses lunettes noires. Je lui avais demandé, une fois, pourquoi il portait la nuit des lunettes censées le protéger du soleil. Il a rétorqué, du bout des lèvres, que c'était pour protéger les autres de son regard.

J'essuie ma bouche et mes doigts dans un torchon et file prendre place dans la caisse. Lino prend le volant. Ewegh scrute d'abord les alentours avant d'investir la banquette arrière.

— Ça va, toi ? lui dis-je.

— Hum...

Lino nous conduit de l'autre côté de Bab El-Oued, rejoint la place du 1er-Mai et fonce le long du front de mer. Une main sur le volant, l'autre suspendue contre la portière, il se tait. De temps à autre, pour surmonter le silence, il feint de s'intéresser aux badauds, les épie dans le rétroviseur et les oublie quelques mètres plus loin.

Lino n'est pas dans son assiette.

Nous arrivons devant un salon de thé illuminé, du côté du Maqam. Au bas de la colline, Alger mobilise ses lumières pour dissuader les ténèbres de s'installer définitivement dans les mentalités.

Nous nous attablons dans un recoin de façon à avoir l'œil sur la salle et sur notre voiture dans le parking. Un garçon propret vient prendre nos commandes. Lino choisit pour nous trois jus d'orange et trois pains au chocolat.

— Et si on mettait fin à ton numéro ? lui suggéré-je exacerbé.

Lino fait durer le plaisir. Il souffle sur ses lunettes, les frotte sur sa chemise et les plaque contre ses sourcils.

— Je suis pas bien.

— Moi non plus.

Le garçon s'amène avec un plateau, nous distribue notre goûter, visiblement impressionné par le gabarit du Tergui. Lino le rassure :

— Il ne mord pas.

Le garçon secoue la tronche et se tire sans réclamer son pourboire.

Lino m'annonce d'une voix dégoûtée :

— On a identifié le type qui te filait. Il s'appelait Farhat Nabilou.

— C'est son blaze qui te chiffonne ?

— C'est son casier. Vierge comme un discours officiel. J'espérais un bout de détail pour remonter au-delà ses filiations. Rien. Farhat Nabilou, né le 27 février 65 à Alger. Brocanteur à El Harrach. Pas d'activité politique. Aucune contravention. Aucune fréquentation. Un solitaire parfait. Bonjour-bonsoir, stop et fin. Ses voisins ne savent pas grand-chose de lui. Il fermait boutique à la même heure, tous les jours, et rentrait chez lui la minute d'après.

— Il avait une arme sur lui...

— C'est ça, le hic. Le flingue appartenait à un brigadier assassiné il y a deux ans à Sidi Moussa. Les gars du labo sont formels. C'est l'arme qui a buté trois citoyens à Rouiba, au début du mois.

— Pourquoi ?

— Ils étaient fatigués de se faire racketter.

— Tu es allé à Rouiba ?

— Avec Ewegh, hier et ce matin. On a fait du porte-à-porte, et personne n'a reconnu Nabilou sur la photo.

— Et la voiture ?

— Volée à Chlef, il y a trois semaines. Maquillée, voile de peinture, fausse plaque, fausse carte grise, pneus neufs, enjoliveurs et pare-chocs empruntés... Pour un citoyen peinard, c'est la planque.

Il ingurgite la moitié de son jus et la moitié de son pain brioché et ajoute :

— Ça doit être une nouvelle recrue.

— Il était pratiquant ?

— On le voyait jamais à la mosquée. Mais ça ne veut plus rien dire. On embauche tout le monde pour l'effort de guerre.

— Il était marié ?

— Divorcé, pas d'enfants. Sa mère est morte. Son père est impotent. Un vrai cul-de-sac.

Je tourne pensivement mon verre dans mes mains.

Ewegh n'a pas touché au sien. Il surveille le dehors, raide comme un cobra à l'affût.

— Qui lui a brisé les vertèbres cervicales ? lâché-je dans le tas. À ma connaissance, il n'y a plus de fêtes foraines depuis 62. Alors, cet hercule, d'où c'qu'il est sorti ?

Ewegh ne frémit pas d'une seule fibre.

Lino, lui, paraît ennuyé.

— J'ai eu à peine le temps de faire le tour des immeubles, insisté-je. Ça m'a pris cinq, sept minutes. Et je le trouve affalé sur son volant. Tu peux m'expliquer, lieutenant ?

— Il était filé, lui aussi, y a pas de doute.

Mon doigt se déporte sèchement sur le Tergui.

— C'est toi...

— Son cou a pété dans ma main, reconnaît instantanément Ewegh comme s'il s'agissait d'une quelconque maladresse. Je voulais juste le sortir de sa bagnole.

Lino soupire.

Il cède :

— Le dirlo avait chargé Ewegh de te surveiller. Après l'histoire des esprits frappeurs, on a reçu un coup de fil au Central. Un appel anonyme. Le type signalait qu'on cherchait à te faire la peau. C'était peut-être une blague, mais le directeur a préféré prendre les devants. Ewegh a été désigné pour te protéger de loin. L'autre jour, il voulait effectivement arrêter le gars. Tu penses bien, vivant, on aurait tiré quelques points au clair... C'était un accident.

Ewegh ne bronche pas.

Il surveille le parking et ignore le reste.

Lino change brusquement de ton :

— Tu veux me rendre service, commy ? Rejoins Mina et les gosses à Béjaïa, retourne à Igidher, va te faire oublier à Oran, mais ne traîne pas par ici. Je ne suis pas tranquille du tout. Personne n'est tranquille...

J'allais lui confier ce que je pensais réellement de ses conseils quand, boum ! la baie vitrée part en millions de morceaux. Un tourbillon me happe et me catapulte en arrière. J'entends hurler autour de moi. J'ai du mal à réaliser ce qui se passe. Groggy, je n'essaie même pas de soulever la table qui s'est renversée sur moi. Lino est étendu à côté, les yeux écarquillés. Les quatre fers en l'air, Ewegh tente de se défaire des chaises amoncelées sur lui.

Le salon de thé est sens dessus dessous. Ceux qui étaient attablés près de la porte d'entrée sont ensevelis sous les décombres. Je reconnais le garçon parmi les pantins disloqués. Il est en train de découvrir avec horreur que son bras manque à l'appel. Incrédule, livide, il refuse de l'admettre. Une femme chancelle dans le brouillard, semblable à une créature échappée d'un film d'épouvante, les bras tendus devant elle, le visage emporté par la déflagration.

— Où est mon sac ? crie une jeune fille ensanglantée en cherchant désespérément dans la poussière.

Elle ne semble pas remarquer l'homme défiguré sous son nez, ni la jambe mutilée saignant sur ses mollets.

— C'est une bombe ! C'est une bombe ! délire quelqu'un.

Ewegh se relève le premier, dans une avalanche de poussière. Il écarte la table qui m'écrasait, me soulève.

— Tu n'as rien ?

À part les débris de verre dans le bras, je n'ai pas l'impression d'être blessé.

Lino gémit. Son pied est horriblement tordu.

— J'ai mal à la cheville, ahane-t-il.

Un homme émerge de la fumée, la figure noirâtre, titube et s'écroule, le dos calciné. Assise sur une chaise, une dame miraculeusement indemne regarde dans tous les sens. Elle ne comprend pas. Une flamme jaillit derrière le comptoir, envoie sa langue reptilienne dans un rideau et se hisse rapidement vers le plafond. Le toit craque, s'éventre et s'affaisse dans un fracas.

Dehors, c'est la débandade.

Les ombres s'agitent, s'entremêlent, courent dans un spectacle hallucinant. Leurs vociférations déferlent dans une crue torrentielle, démentielle, assourdissante.

— Où est mon fils ? supplie un père déguenillé en s'accrochant aux gens. Il était là, juste là. Où il est ?...

— C'est pas vrai, c'est pas vrai, c'est pas vrai ! répète un vieillard en faisant non de la tête. C'est pas vrai, c'est pas vrai...

Le feu gagne sournoisement le parking, engloutit une voiture et se met à faire sauter les autres dans une cacophonie surréaliste. Des torches humaines s'enfoncent dans la nuit, tels des feux follets, le geste plus déchirant que le cri. En quelques minutes, le belvédère se transforme en cauchemar, et l'enfer m'a paru moins inclément que le purgatoire que voici.

III

En vain sur une herbe
Elle essaie de se poser
Lourde libellule

Le moine errant Matsuo Bashô
(1644-1694)

Mourir est la plus grave vacherie que l'on puisse faire à ses amis.

Da Achour n'est plus.

Il a bouffé comme quatre, fumé sa blonde de vingt heures trente à vingt heures trente précises ; ensuite, bien amoncelé dans sa chaise à bascule, il a calé les pieds contre la balustrade, donné un petit coup de reins pour faire osciller le rocking-chair et, en fixant les lumières d'un paquebot au large, il s'en est allé subrepticement au détour d'une éructation flapie.

Si j'avais été dans les parages, j'aurais certainement vu, parmi les étoiles, le bon Dieu en train de se féliciter de le recueillir parmi les Siens.

Il était un peu ma vieille famille. Il colportait, dans son regard, les reflets crépusculaires de la nostalgie. C'était un havre de sagesse, ma part d'Igidher et des années perdues. Dieu a fait là une bonne affaire, et moi, je suis désemparé.

Déjà la mer se lamente, déjà le silence se recueille, déjà le monde est *dépeuplé*.

Da Achour était un Juste.

Il va beaucoup me manquer.

Il disait : « Les races, ce ne sont pas les Blancs, les Noirs, les Rouges, les Jaunes. Les hommes ne savent pas apprécier les talents de la nature. Ils font des diversités des partis pris ; ils appellent ça ségrégation. Les races, ce ne sont pas les Arabes, les Juifs, les Slaves, les Tutsis. Les hommes ne savent pas consulter le Temps. Ils se contentent d'embrigader les ethnies. En hiérarchisant l'humanité, ils espèrent racheter leur insignifiance, prendre leur revanche sur leur propre vulgarité... Les races, les *vraies*, il n'y en a que deux : la race des Braves et la race des Ignobles ; les gens de Bien et les gens odieux. Depuis la nuit des temps, elles s'affrontent sans merci, tel est l'équilibre des choses. Elles étaient là bien avant la Lumière, bien avant les prophéties, et elles survivront encore à toutes les civilisations. Depuis notre venue au monde, on nous enseigne la zizanie, on nous détourne de la Vérité. On nous apprend la haine de l'Autre, la haine de l'Absent et de l'Étranger, en somme une haine préfabriquée. Et regarde, Brahim, regarde donc. Qui brûle nos écoles aujourd'hui, qui tue nos frères et nos voisins, qui décapite nos érudits, qui met à feu et à sang nos jeunes contrées ? Des extraterrestres, des Malaisiens, des animistes, des chrétiens ?... Ce sont des Algériens, rien que des Algériens qui, il n'y a pas longtemps, chantaient à tue-tête l'hymne national dans les stades, se portaient massivement au secours des sinistrés, se mobilisaient admirablement autour des téléthons. Et regarde, maintenant. Te reconnais-tu en eux ? — Moi, pas du tout... Les gens de *ma* race, Brahim, ce sont tous ceux qui, d'un bout du globe à l'autre, refusent catégoriquement que de pareils monstres soient pardonnés. »

C'était mon mausolée, le dernier saint patron de la cité.

*

Nous l'avons enterré au cimetière d'Igidher. Cinquante tombes plus loin de celle d'Idir Naït-Wali. Des tombes récentes, encore fraîches, qui boursouflent la terre d'ecchymoses brunâtres. Le drame a frappé la tribu par deux fois, entre-temps. D'abord un groupe d'intégristes a dressé un faux barrage sur la route de Sidi Lakhdar. On a tiré sur l'autocar sans sommations. Le véhicule a pris feu, brûlant vifs les passagers. Les cris des suppliciés résonnent encore dans le silence de la nuit. Ensuite, on a enlevé sept femmes et treize enfants du côté du marabout de Sidi Méziane. On les a retrouvés, deux jours plus tard, dans un pré, égorgés.

Mohand m'a demandé si j'avais quelque chose à dire à la mémoire du regretté.

J'ai fait non de la tête.

— Bon, des voitures vont vous emmener à Imazighène. On se retrouve là-bas dans une petite heure.

Je le remercie. Et il rejoint ses hommes armés.

La foule se disperse en silence. Les vieillards clopinent vers des camionnettes, d'autres vers des charrettes. Les moins âgés commencent à dévaler les flancs escarpés de la colline en direction d'Imazighène.

Arezki Naït-Wali s'oublie sur une grosse pierre devant la tombe de Da Achour. Sa chemise en sueur fume sous la chaleur. Le nez cramoisi dans un mouchoir, il attend que je vienne le chercher.

— Allez, viens, lui dis-je.

Il secoue le menton et se lève.

Je lui passe le bras autour des épaules et le pousse devant moi.

— On prend la voiture ?

— Je préfère marcher.

— C'est pas la porte à côté, l'avertis-je.

— C'est pas bien méchant lorsqu'on descend.

— Bon, c'est d'accord. Marchons.

*

Imazighène est une bourgade fantomatique à quelques encablures d'Igidher. Dans le temps, on y parquait les récalcitrants de la tribu qui refusaient de rejoindre les zouaves. Pendant la guerre, elle est passée aux mains de la SAS. Après 62, elle a choisi de rester une terre d'exclusion et excelle, depuis, dans sa pathologie de phénomène de rejet. Pas un cri d'enfant, pas un bruit de casserole. Elle est là, au bout d'un sentier, cachant pudiquement sa misère derrière des remparts de nopal, aussi lugubre qu'un cimetière indien. Ses gens sont partis au lendemain d'un massacre, abandonnant aux intégristes leur maigre cheptel et leur attirail de fortune. Une grande partie des taudis a perdu ses toitures. Les façades des patios se lézardent et s'écaillent au gré des vents. Les courants d'air gambadent dans le silence, font claquer les portes et crisser les fenêtres. Les rats s'improvisent des royaumes au fond du remugle. Et les araignées étendent leurs jardins suspendus d'un mur à l'autre, par-dessus le mobilier. Hormis quelques vieillards hantant les portes cochères, seule une poignée de familles s'accroche obstinément à son terrier, le fusil sur l'épaule et l'œil aux abois.

— Nous leur avons proposé de se replier sur Igidher, mais ils refusent d'abandonner leurs potagers, m'explique un jeune patriote. Le jour, ils font ce qu'ils peuvent, et la nuit ils veillent.

— À ce rythme-là, dit l'imam, s'ils ne sont pas tués par les *khmej*[1] rouges, ils risquent de mourir de frayeur et d'insomnie.

Le jeune patriote tripote son Kalachnikov et explique :

— Nous patrouillons dans les parages de temps

1. Ordures.

à autre. Mais des fois, on est engagés dans des ratissages pendant plusieurs jours, et nous manquons d'effectifs.

Je m'arrête pour mesurer l'ampleur des perditions. Malmené, traumatisé, méfiant, Imazighène symbolise le renoncement. Ses ruelles sont infectées par un malaise grandissant : l'hostilité. L'hostilité d'une population désarçonnée qui, la susceptibilité à fleur de peau, refuse de croire que l'on puisse échouer chez elle simplement par mégarde.

Quand j'étais enfant, je venais souvent par ici épier Lounja. Elle habitait une maisonnette aujourd'hui terrassée, là sur le tertre, derrière le cactus. Tous les matins, ceinte dans son pagne aux couleurs de l'été, elle prenait le chemin de la source, sa jarre en équilibre sur sa chevelure flamboyante.

Lounja avait onze ans, et des yeux azurés. Lorsqu'elle lançait en l'air son rire cristallin, des frissons étranges se ramifiaient dans mon dos.

L'imam s'éponge dans un pan de son turban. Sa figure écarlate est sur le point d'éclater. Il se penche sur Arezki et lui raconte :

— En 94, quarante fils de chien ont surgi des bois, de ce côté. En moins d'une heure, ils avaient tout pillé. Avant de s'en aller, ils avaient rassemblé les familles sur la place et leur avaient tenu un prêche. Ensuite, à titre d'exemple, ils avaient égorgé le muezzin et son fils et les avaient pendus par les pieds à l'entrée de la mosquée. Tu dois te

136

souvenir de Haj Boudjemaa, Arezki. Il enseignait à l'école coranique d'Igidher pendant l'occupation.

— Je ne me souviens pas de lui.

— Il était très ami avec ton père.

— De lui non plus, je ne me souviens pas.

— C'est possible, tu étais trop jeune... En 95, ils sont revenus. La veille de l'Aïd, tu te rends compte ? Ils ont mis le feu aux maisons des anciens moudjahidin et ils ont brûlé Amrane et sa famille dans le dispensaire. Tu dois te souvenir de Amrane le maquignon ?

Arezki esquisse une moue évasive.

L'imam fronce les sourcils :

— Tu ne te souviens pas de Amrane ?

— Je suis désolé.

— J'espère que tu te souviens de moi, au moins ?

Arezki regarde par terre :

— J'étais parti très jeune, d'ici.

L'imam est déçu.

— Pourquoi l'a-t-on brûlé ? demandé-je.

L'imam retourne le creux de ses mains vers le ciel.

— Qui sait ? Amrane était un personnage ordinaire, presque quelconque. À mon avis, on a dû lui proposer d'écouler au souk du cheptel volé, et il a refusé.

Nous atteignons la maison de la vieille Taos. Elle nous accueille dans la cour de son gourbi jonchée de tapis et de coussins usés et nous invite à prendre place autour des tables basses disposées autour d'un caroubier.

— Lalla, lui murmure l'imam en convoitant le « festin », nous sommes navrés de t'appauvrir davantage.

— Mon bon imam, l'interrompt-elle, déjà tu as de la peine à me convaincre le vendredi, tu ne vas pas m'embobiner sous mon toit aujourd'hui.

L'imam rit de bon cœur et va se frayer une place parmi les vieillards.

Lalla Taos est la sœur aînée de Da Achour. Le poids des années paraît loin de l'affecter. Du haut de ses quatre-vingt-six ans, elle continue de veiller au grain, solide et lucide, le geste vif et la réplique fulgurante, parfois délicieusement truffée de petites grivoiseries. Elle est drôle et spontanée, autoritaire sans tyrannie, et elle est vénérée par le monde entier. Debout dans la tourmente comme un chêne marabout, les ornières qui s'ingénient à la défigurer, l'érosion des soucis et des tracasseries n'atteindront jamais son âme. Elle a survécu aux chamboulements du siècle, aux ravages des épidémies et au deuil de ses proches avec une rare sobriété et semble traverser les vicissitudes de la vie comme une aiguille le tissu. Elle incarne, à elle seule, toute la force tranquille de l'immuable Kabylie.

Je lui baise le sommet de la tête.

138

Elle m'enlace de ses bras décharnés, se recule pour me regarder :

— Que vas-tu devenir sans ton vieil ami, Brahim ?

Elle a plus de chagrin pour moi que pour le disparu.

C'est elle qui m'a élevé. Elle tenait à moi plus qu'à la prunelle de ses yeux. Mes polissonneries la ragaillardissaient, mes bouderies la consternaient. Elle m'aimait tellement qu'elle n'hésitait pas à gravir, tous les jours, la colline abrupte pour aller sommer ma mère de ne plus m'importuner.

— C'était un saint, lui dis-je.

— Je ne me fais pas de souci pour lui. Il était correct. Sûr qu'il est déjà en train de se la couler douce, là-haut. C'est vrai qu'il lui arrivait parfois de se conduire en fieffé dévoyé, mais les garçons comme lui, ils n'ont pas grand-chose à se reprocher. Le bon Dieu lui tirera bien l'oreille pour ne pas faire de jaloux et il lui fichera la paix le reste de l'éternité... C'est pour toi que je m'inquiète désormais.

— Eh bien, tire-moi l'oreille et n'en parlons plus.

Les convives se déploient autour des tables et se mettent aussitôt à piocher dans les monticules de couscous.

— Viens, me chuchote-t-elle, je vais te montrer quelque chose.

Elle me prend par la main et me conduit dans une pièce lézardée.

— Mettons-nous d'accord tout de suite, me dit-elle. *Ils* ne sortiront pas d'ici.

— C'est juré.

Ma parole ne lui suffit pas. Elle entrecroise ses doigts avec les miens, fait basculer nos mains en arrière dans un serment d'enfants — comme au bon vieux temps. Rassurée, elle farfouille au fond d'un buffet antédiluvien, déterre un coffret en cuivre cadenassé et l'ouvre devant moi.

— C'est quoi ça ? exulte-t-elle en montrant une fronde.

— Mon *astak* !

— Tout à fait. C'est moi-même qui te l'avais fabriqué. Dieu ! Ce que tu étais jaloux des autres gamins. Et ça ? Tu te rappelles ? dit-elle en exhibant une pochette en cuir cousue sur les quatre côtés. C'est le talisman que tu portais au bras. Il te préservait du mauvais œil et des mauvaises fréquentations... Et ça ? Tu devineras jamais. Ça devait être ta toute première chéchia, mais tu l'as jamais portée. Je m'étais fait avoir par ce maudit marchand ambulant. J'avais jamais vu de soutien-gorge, avant. J'ai pensé qu'il s'agissait d'une paire de calottes et je lui avais demandé de m'en couper une pour toi. Achour a failli s'esquinter la rate quand je la lui avais montrée.

La voir rire encore de cette anecdote vieille d'une cinquantaine d'années, tirer, un à un, les

140

lambeaux de mon enfance comme des reliques sacrées, effeuiller nos histoires communes comme un recueil de contes de fées et s'extasier devant des souvenirs si simples et si naïfs... quelle émotion !

Elle retire enfin ce qu'elle doit considérer comme sa pièce maîtresse, avec infiniment de tendresse et de précaution, la cache derrière son dos, les yeux luisants... « Devine, devine ce que je tiens là, mon grand. » Je contemple ses yeux qui renaissent de leur grisaille, ses tatouages qui fleurissent sur son visage, ses épaules desséchées tremblantes d'engouement...

— *Tu te souviens ?*

Et elle brandit une photo jaunie, presque effacée...

— *Tu te souviens ?*

Sur la photo, il y a *elle*, l'œil fermé par un jet de soleil, à califourchon sur un baudet, la robe retroussée sur les genoux, radieuse, comblée, absolument émerveillée par le gamin loqueteux qui riait à côté d'elle, debout sur un tronc d'arbre.

— Dieu ! que j'étais moche.

— Tu n'étais pas moche, Brahim. Tu étais même très bien.

Elle passe sa main sur mes joues hirsutes, ploie la nuque sur le côté, attendrie, maternelle, touchée :

— Tu étais *le* meilleur.

Mohand a insisté pour que l'on ne s'aventure pas au-delà de la ligne de crête grisâtre qui tranche la montagne comme une lame de boucher. Quelquefois, des intégristes se manifestent derrière les fourrés pour surveiller le village ou enlever un berger isolé. Ils n'hésitaient pas, non plus, à tirer sur tout ce qui se trouvait à portée de leur fusil avant de s'évanouir dans la forêt. Ils usaient de ce subterfuge pour attirer les patriotes dans des traquenards dévastateurs. Maintenant que leurs ruses ne prennent plus, ils se contentent d'épier les gens et de s'attaquer aux imprudents, souvent à des enfants esseulés.

Depuis le matin, tandis qu'Arezki et moi flânons au gré des souvenirs, deux anges gardiens nous suivent de loin. Je les ai repérés dès le départ et fais celui qui ne se doute de rien pour les stimuler.

Nous escaladons un mamelon difforme qui s'effrite sous les pas. L'herbe desséchée nous griffe aux mollets. Arezki se démène comme un beau diable pour ne pas se laisser distancer ; en vain. Il est obligé de marquer une pause tous les cent mètres pour se ressourcer.

— Tu parles d'une cure, halète-t-il.

— C'est éprouvant, mais ça fait du bien.

— Aide-moi, veux-tu ?

Je lui tends mon gourdin et le hisse jusqu'à moi.

— Encore un petit effort. Le spectacle en vaut la peine.

Il s'écroule à mes pieds, la figure décomposée, la gorge aride.

— Passe-moi ta gourde. Je vais me consumer à l'intérieur.

Je me laisse choir à côté de lui.

Sur notre gauche, le verger où, galopins insaisissables, nous venions marauder. Il n'est plus que l'ombre de ses légendes, désormais. Son silence est mortel. Ses moineaux se sont rétractés. À l'époque, lorsque fleurissaient les amandiers, la colline était battue en neige jusqu'aux portes de l'horizon. Aujourd'hui, même les ânes ne s'y hasardent plus.

Arezki regarde, lui aussi, ce qu'il reste du verger d'antan : des arbres retors, malingres, les branches levées au ciel dans des prières désespérées.

— Tu te rappelles le jour où tu dégringolais par là, le gardien à tes trousses ?

Arezki émet un grelot et se ramasse autour de ses genoux.

143

— D'habitude, il fermait l'œil. Il ne m'inquiétait jamais.

— C'était pour appâter l'agneau, le mettre en confiance. À mon avis, le vent retroussant ta gandoura sur ton petit derrière dodu a dû lui donner des idées.

Arezki secoue la tête, un tantinet gêné. Il a toujours été pudique. La crudité du langage le met tout de suite mal à l'aise.

— Sais-tu pourquoi tes évocations sentent mauvais, Brahim ?

— C'est parce que j'ai l'esprit à proximité du cul.

— Tout à fait.

Je ris.

— J'avais jamais vu un lièvre détaler à cette allure.

— Eh !...

Arezki ramasse une brindille, la fait craquer entre ses doigts. Sa bouche s'amuse à se défaire d'un sourire énigmatique.

Avec mon gourdin, je soulève une motte de terre, effarouchant une communauté de bestioles.

Au pied du mamelon, la rivière éventre le sol, les galets pareils à des entrailles fossilisées. Les femmes de naguère y venaient, par essaims, laver leur linge. L'eau cascadait de la montagne et déambulait loin dans la plaine. Les roseaux se coudoyaient ferme sur les berges pour impressionner les lauriers-roses. Par endroits, le lit était profond.

On y barbotait tout son soûl, dans une aquarelle de vociférations et d'éclaboussures étincelantes. Des fois, on faisait semblant de se noyer pour voir nos chiots geindre et tergiverser sur le talus avant de nous rejoindre dans d'héroïques plongeons. Je nageais rarement, *moi*. Je préférais me dissimuler dans les roseaux et je passais des heures à observer Lounja. Elle avait l'eau jusqu'aux genoux, les cheveux tels une coulée d'or sur le dos et, collée à sa peau, sa robe mouillée dévoilait ses seins naissants, beaux comme deux soleils frisés.

— C'est ici que j'avais peint ma toute première toile, raconte Arezki. Avec des bouts de craie de couleur que je trempais dans du lait. Ma mère a failli m'étrangler quand elle a vu ce que j'avais fait de l'unique drap qu'elle possédait.

— Tu étais déjà un génie.

Un tracteur se gargarise en remontant la piste poudreuse. Il cahote ridiculement sur les ornières, disparaît derrière un bosquet et réapparaît au bas du mamelon. Le maire remercie le conducteur et saute à terre, sa carabine en bandoulière. L'engin toussote en faisant demi-tour et s'éloigne dans un branle grotesque.

— Vous faites une belle paire d'oiseaux rares, nous lance le maire.

Il escalade lestement le flanc de la colline, malgré sa soixantaine, et vient s'affaisser en face de nous.

Akli Uld Ameur était entrepreneur dans le bâtiment avant l'avènement des *Califes de l'Apocalypse.* Une nuit, sans préavis, des énergumènes encagoulés ont mis le feu à son parc. Ils sont revenus, quelques semaines plus tard, le racketter. Il les a accueillis avec un fusil. Un carton dans les règles de la résistance. Le lendemain, il constitue le premier peloton de patriotes de la région et accepte de reprendre en main la mairie que les intégristes avaient incendiée.

— Je vous dérange, peut-être ?

— Pas du tout.

Il rabat scrupuleusement sa chemise sur son nombril nu.

— Alors ? s'exclame-t-il le bras balayant le paysage. Il est pas beau, le bled ? Comment peut-on vivre dans une ville aussi moche, avec du béton partout, des asphaltes affreuses, du bruit et de la pollution de jour et de nuit ?

— En fermant les yeux et en se bouchant le nez.

Il se met sur le coude, repose sa carabine le long de la jambe et laisse son regard voltiger çà et là.

— C'était épatant, avant. Les gens rappliquaient des villages voisins, les jours fériés. Ils étendaient leurs napperons et pique-niquaient en paix. Des gamins shootaient dans les ballons. C'était formidable.

— On ne se rendait pas compte de la chance que nous avions.

— Tu as raison, on ne s'en rendait pas compte.

146

Y a des gens, comme ça, qui se rendent pas compte de la chance qu'ils ont.

— Nietzsche disait : « Quand la paix règne, l'homme belliqueux se fait la guerre à lui-même. »

— Qui c'est, Nich ?

— Un cousin germain.

Akli arpente sa mémoire de long en large à la recherche du cousin, puis il laisse tomber.

— Au fait, se souvient-il subitement, ton directeur a laissé un message pour toi à la poste. Il te demande de rentrer.

— C'est urgent ?

— Tu dois te présenter au Central, le mardi.

— Ça nous laisse quatre jours pour nous dégotter un visa, dis-je à Arezki.

— Parle pour toi. Cette fois, la plus performante des grues ne me ferait pas bouger de là... Bab El-Oued, c'est fini. Je veux crever parmi les miens.

— T'as raison, approuve énergiquement Akli, les splendeurs océanes ne font pas oublier au saumon sa bonne vieille rivière.

*

Akli nous a conviés à un dîner dans sa résidence. Il a invité tout le monde. Pour faire honneur aux artistes, il a accroché un portrait de Tahar Djaout au milieu de deux sabres damasquinés. J'ai beaucoup aimé Tahar. C'était un garçon bien élevé. Si la courtoisie devait être incarnée un jour, elle mériterait d'avoir son visage. Ce mathématicien de formation, venu au journalisme par devoir, était un poète de talent. Dans son cadre en bronze forgé, il me fixe de ses yeux inquiets, ne comprenant pas ce qu'il fichait dans un boîtier vitré, lui qui était né au monde pour le conquérir. Il a l'air si dépaysé, là-dedans... Les plus beaux vases de Chine ne sauraient consoler les fleurs de leur pré.

Akli dit :

— À chaque fois qu'il rentrait au bled, il ne manquait pas de faire un saut à Igidher. Il passait des heures à communier avec la montagne. C'est ici qu'il a écrit sa première prose.

Je regarde le disparu. Ses moustaches cornues le font ressembler à un émule de la haute bohème des années noir et blanc. J'ai de la peine à admettre que le flingue qui a mis fin à ses jours ne se soit pas enrayé devant tant de simplicité. Mais, dans un pays où les nourrissons sont dépecés à même le berceau, ce serait l'indisposer que d'exiger de la barbarie une quelconque correction.

— Hé ! monsieur le maire, lance un rondouillard crépu en envahissant la salle, vous devriez attacher vos chiens.

— Je n'ai pas de chiens.

— Alors, d'où c'qu'elle est tombée, cette crotte sur l'allée ? s'écrie-t-il en montrant un freluquet en treillis dans la cour.

— J'suis pas une crotte. Fais attention à c'que tu dis, l'enflure.

— En plus, elle parle ! Le coin est sûrement ensorcelé.

Un éclat de rire ovationne l'entrée sur scène de ce couple absolument décapant. Le rondouillard se met à baiser religieusement les vieillards sur leur turban, fait exprès de sauter l'imam...

— Tu oublies d'embrasser le cheikh sur la tête, lui reproche Mohand.

— Faudrait d'abord qu'il en ait une.

— Comment ça : il faudrait d'abord que j'en aie une ?

— Tu es tombé trois fois sur un faux barrage. Si tu en avais une, les *khmej* rouges l'auraient remarquée.

Une nouvelle salve de rire se déclenche.

Le rondouillard finit les salutations d'usage, se déverse sur un banc matelassé et revient taquiner le freluquet qui se tient dans l'embrasure, renfrogné et quinteux.

— Hé ! Rambo de grand carême. C'est vrai que tu as décroché ton insigne de para en glissant d'un arbre ?

— Ouais, en glissant du lit de ta sœur, plutôt.

— Merci de m'avoir escorté. Maintenant, du balai. Ici, c'est réservé aux notables.

Akli profite de l'hilarité générale pour me crachoter dans l'oreille :

— Nos Laurel et Hardy. Le gros, c'est Bachir.

Il a laissé tomber ses études à l'université de Tizi Ouzou pour renforcer nos rangs. Au maquis, c'est un sacré rouleau compresseur. La peur ne figure pas dans son glossaire. Le petit, c'est Amar. Ils sont cousins et beaux-frères. Ils maintiennent le moral de la troupe au top. Les militaires les adorent.

Un jeune homme se fraie un passage au milieu des tables pour se pencher sur le maire. Akli fronce les sourcils, opine du chef et dit :

— Bien sûr, bien sûr, fais-les entrer.

Le jeune homme va dans la cour chercher un groupe de gardes communaux pathétiques d'humilité dans leur tunique bleue.

— C'est la patrouille de Sidi Lakhdar, m'informe Akli. Elle rentre d'une mission de reconnaissance.

Les gardes communaux rassemblent leurs armes dans une encoignure et se confondent parmi les invités.

Des adolescents s'amènent avec des plateaux garnis de tranches de méchoui, de feuilles de laitue et d'oignons. Bachir les applaudit en se pourléchant goulûment les babines.

— Et maintenant, que les Grandes Panses commencent ! tonne-t-il en reprenant la formule magique de Philippe Bouvard.

*

Mohand nous reconduit à la maison d'Idir vers quatre heures et demie du matin, la tête pétillante de boutades et de rire. Arezki n'a pas tenu le coup. Ses longues années d'exclu l'ont trahi. Tombant de sommeil, il ballotte sur la banquette arrière de la vieille voiture aux amortisseurs esquintés.

Dans le ciel bleuté des Naït-Wali, le croissant de lune rappelle une rognure d'ongle oubliée par quelque dieu kleptomane. Une égratignure opalescente dans les replis de l'horizon annonce l'avortement du jour. C'est une belle nuit qui s'en va à tire-d'aile à travers le vallonnement duveteux du pays tandis que le vent, facétieux ou seulement indécis, perd son temps à défaire les stridulations au fond des branchages.

Nous traversons l'allée principale du village que les réverbères bigarrent de lumières criardes. Le café de Slimane est encore ouvert. Des patriotes sont attablés, la cigarette au bec et le fusil sur la cuisse. Çà et là, la moiteur aidant, des adolescents bavardent ou jouent aux cartes, groupés autour des perrons. À Igidher, on veille tard. À toute fin utile.

La voiture s'enfonce dans un verger, pourchassée par une meute de chiens. Un berger montre la tête par l'entrebâillement de sa hutte. Il reconnaît le véhicule et entreprend de calmer ses bêtes.

— Nous allons construire une école ici, dit Mohand. Nos enfants se plaignent de l'exiguïté de l'ancienne. Il y aura une aire de jeu, des douches aussi dès qu'on aura réparé le château d'eau. Ça évitera aux sportifs de se rendre à Sidi Lakhdar. On a découvert une bombe artisanale de quarante-trois kilos dissimulée sous la chaussée. Une heure avant le passage de l'autocar communal. Tu imagines la catastrophe, si elle avait explosé. Il y avait soixante élèves dans le bus. Ils partaient en excursion.

— Vous vous payez des excursions par les temps qui courent ?

— Et comment ! Nous essayons de normaliser au maximum la vie des enfants.

Sa main étreint fortement le volant.

— C'étaient pas des enfants, avant. Il fallait les voir recroquevillés dans les recoins, hagards, grelottants, hurlant dès qu'on les regarde. C'étaient des bêtes terrorisées. Un tuyau d'échappement provoquait la débandade. C'était pas possible de les laisser dans cet état. Ils en seraient devenus fous... Mon gosse à moi, il se mettait à chialer à chaque fois que j'allais chercher quelque chose dans la pièce d'à côté. Il se tenait accroché à mon ombre de jour et de nuit. Nous avons connu l'enfer, par ici.

Son ton s'éclaircit quand nous débouchons sur un champ :

— Ici, il y aura une maison de jeunes et, pourquoi pas, un petit stade avec une tribune officielle et des gradins. Nous avons un tas de projets pour la commune. C'est notre façon de relever les défis. Nous reconstruisons ce que l'intégrisme a détruit et nous gagnons du terrain tous les jours. La meilleure défense reste l'offensive, m'a dit le capitaine.

La voiture rebondit sèchement dans une crevasse. Mohand redresse rapidement le volant pour éviter le fossé.

— Tu l'as dit, Brahim. Quand tu as un problème, c'est ton problème.

Nous devons compter sur nous-mêmes d'abord, et nous nous débrouillons pas mal jusqu'à présent.

La maison d'Idir surgit derrière les arbres, rabougrie et pittoresque avec son toit en ardoise et ses murs colmatés au torchis.

Je secoue Arezki. Le vieux peintre sursaute, se débat tel un pantin en cherchant la poignée de la portière sans réussir à lui mettre la main dessus.

Mohand saute à terre, se dépêche d'aller lui ouvrir de l'autre côté et le reçoit en entier sur les bras.

— Ses carottes sont cuites, dis-je. Dans pas longtemps, il faudra l'assister dans ses ablutions.

— L'air de sa chère colline le remettra vite sur pied, tu verras, promet Mohand en glissant les bras sous le corps désarticulé du vieillard. On sera aux petits soins avec lui.

J'allume dans la chambre.

Mohand repose son fardeau sur un grabat, le débarrasse de ses souliers et le recouvre d'un drap.

— Joli linceul, fais-je sinistre.

— À ta place, je ferais comme lui. Je rentrerais au bercail avec la bourgeoise et les gosses et tirerais un trait sur le reste... Il faut que je file, maintenant. Il y a des rafraîchissements dans le frigo, et de l'eau de source dans l'outre, là.

— Tu n'as pas une ou deux cigarettes ? J'ai sifflé mon stock chez le maire.

Il me tend un paquet de Rym.

— Garde-le...

Soudain, il s'approche de la fenêtre et écoute.

— Qu'est-ce que c'est ?

Sa main me prie de me taire. Je tends l'oreille. Hormis les stridulations et le chuintement sporadique de la brise, je ne perçois rien d'anormal.

Mohand sort dans la cour, grimpe sur un amas de pierres et scrute le lointain, la main en entonnoir autour de l'oreille.

Loin, falsifié par les soubresauts du vent, un crépitement...

— Des coups de feu ?

— Chut !

Une détonation isolée, presque inaudible, puis une rafale courte...

— C'est sûrement la patrouille de Sidi Lakhdar qui a dû accrocher un groupe de terroristes.

— J'ai vérifié tout à l'heure avec les militaires.

154

Les gardes communaux ont réintégré leur cantonnement à minuit vingt.

Les coups de feu s'intensifient, mais impossible de les situer dans les opacités.

Un camion arrive du village, tous feux éteints.

Mohand prend par un raccourci pour l'intercepter.

Il revient vers moi, blême.

— C'est le groupe d'Akli. Il se rend au point 21.

— Qu'est-ce qui se passe ?

— Imazighène est attaqué.

Une eau glacée me fouette dans le dos. Le visage meurtri de Taos fulgure dans mon esprit. Mes genoux fléchissent, et mon cœur bondit dans ma poitrine à la traverser.

— Les lâches ! crié-je.

— La lâcheté est algérienne. La bravoure est algérienne. Et il n'y a pas suffisamment de place pour les deux au pays. Nous sommes déterminés à traquer le Diable jusqu'en enfer.

Il saute dans sa voiture.

— Reste ici, Brahim.

— Pas question.

Au village, c'est l'alerte. L'artère principale est déserte. Des silhouettes s'agitent sur les toits, consolident leurs postes de combat reconnaissables aux sacs à sable empilés sur les terrasses. Au sortir du village, des projecteurs balaient les champs environnants. Des ordres fusent des maisonnettes, sommant les femmes de garder leur calme.

Mohand abandonne sa voiture à côté d'un bassin d'irrigation et rejoint son groupe rassemblé dans une clairière, en tenue réglementaire.

Un rouquin malingre nous brosse succinctement la situation :

— On ne sait pas combien ils sont. Nous avons pris toutes nos dispositions. Bachir occupe le point 18, Ramdane le point 24. Dans cinq minutes, Akli bouclera le point 21.

— Très bien.

Mohand passe en revue ses hommes, vérifie l'armement et la trousse des premiers soins, ordonne à un vieillard de se débarrasser de sa montre. Ce dernier s'exécute promptement.

— *Ils* ne nous échapperont pas, cette fois.

Les hommes opinent du chef, roides dans une attitude martiale. Braves, beaux et mythiques comme seule la guerre sait les façonner pour compenser le tort qu'elle leur cause dans la minute qui suit.

— En avant !

Le groupe s'ébranle comme un seul homme.

Il n'y a pas de doute : si certaines nations tiennent encore debout, ce n'est pas parce qu'elles ont la tête droite, mais parce qu'elles ont les jambes solides.

Nous escaladons la colline au moment où une épouvantable déflagration retentit.

En contrebas, des maisons brûlent.

Le spectacle me renverse. *Taos !* Sans m'en rendre compte, je m'élance vers la bourgade comme un fou. Une deuxième explosion soulève un monstrueux geyser de flammes et de poussière. L'aile supérieure d'Imazighène en est submergée. Une mitrailleuse lance une longue complainte par-dessus les rafales timides du village. Des hurlements me parviennent par bribes lacérées. Je cours, cours à l'aveuglette, sourd aux appels de Mohand. Je sens ma figure partir en lambeaux dans les branchages. *Taos !* Je crois reconnaître sa voix dans les tonnerres et dans les cris, je ne vois que son visage dans les flammes du cauchemar. Mon pied heurte violemment un obstacle. Je pivote sur moi-même et dégringole dans un fossé.

Mohand me rattrape, hors de lui :

— Qu'est-ce qui t'a pris ? On ne se rue pas de cette façon dans l'obscurité. Nos propres gars risquent de t'abattre. Nous avons des signaux d'identification et des instructions strictes à observer.

Le groupe continue sa progression, par bonds furtifs.

Le rouquin demande si on a besoin d'un brancardier. Je le rassure, et il se hâte vers le lieu de l'accrochage.

Mohand m'aide à me relever.

— Tu es sûr que ça va ?

— Dépêchons, sinon ils vont les massacrer.

Maintenant, on voit nettement les feux nourris qui partent du taillis, au-dessus de la bourgade.

Des balles traceuses se pourchassent dans des traînées de pointillés. Les cris des femmes et des enfants dominent la chorale du plomb.

— Les militaires arrivent, signale l'opérateur
radio. Le capitaine nous demande de jalonner l'iti-
néraire d'approche.

— Akli le dirigera. Il faut faire vite. Les *khmej*
vont battre en retraite et nous filer entre les
doigts.

Nous coupons à travers champ, rasons les barri-
cades de nopal. Des coups de feu claquent tout
près, sur notre gauche. Quelqu'un s'écroule derrière moi. C'est le rouquin. Il a l'épaule arrachée.
Il roule sur le côté pour se mettre à l'abri. Il n'a
pas poussé un seul cri.

Mohand rampe dans sa direction.

— Ne vous occupez pas de moi, chuchote le
rouquin. Je me débrouillerai.

Subitement, jaillissant de la nuit des temps, une
silhouette cauchemardesque m'attaque dans un
tonitruant « *allahou aqbar* », une hache au bout du
bras. Une rafale la fauche, et elle s'abat devant
moi, la bouche ouverte et les yeux écarquillés.
Une horreur ! L'énergumène a dévasté un cactus
dans sa chute. C'est un colosse d'au moins cent
vingt kilos, les cheveux interminables et la barbe
jusqu'au nombril. On dirait un ogre échappé d'une
jungle, un loup-garou dans sa laideur absolue. Il
me fixe haineusement. Ses épaules vibrent de voracité. Il essaie de se relever dans un tremblement

158

effarant. Sa puanteur m'ensorcelle, me paralyse. Une deuxième rafale le plaque au sol. Il pousse un soupir rauque. Des filaments de sang giclent de sa bouche, et sa tête roule mollement sur le côté.

En revenant à moi, je m'aperçois que le groupe de Mohand est en train d'investir les premières maisons d'Imazighène. On lance une grenade dans une cour suspecte. Après l'explosion, une dizaine d'hommes passent à l'assaut pendant que le reste contourne les gourbis en zigzaguant.

Des signaux lumineux clignotent au haut d'une bâtisse. Mohand leur répond avec sa torche. Nous nous ruons vers la place dans un vacarme de mitraille.

— Ils décrochent, ils décrochent...

— Ils se replient vers les bois...

Au loin, les feux du convoi militaire perforent l'obscurité.

Mohand avise par radio le groupe de Bachir et lui ordonne d'intercepter les terroristes qui tentent de battre en retraite dans sa direction. Tout de suite, les armes se remettent à s'injurier dans les fourrés.

Les maisons en flammes éclairent le village comme en plein jour. Deux corps haillonneux gisent par terre, la barbe crasseuse hérissée dans le vent. Un autre est disloqué sous un arbre. L'air est chargé d'odeur de crémation. Derrière un suaire de fumée ocre, une femme gémit sur le pas d'une porte, les mains au ventre pour contenir le ruissellement du sang. Des civils commencent à sortir de leur abri, s'interpellent dans l'horreur ; d'autres courent vers les décombres secourir les blessés.

Un vieillard passe devant nous, les bras en avant, pareil à un somnambule. Un patriote le porte par-dessus l'épaule et l'emmène sur la place. Des femmes se manifestent par endroits, leurs gosses agrippés à leur pagne.

Halluciné, je contemple les ruines bourdonnantes de volutes furibondes. Des bêtes de somme déchiquetées se vautrent dans de vastes mares de sang. Des plumes pirouettent dans la fournaise crépitante... La maison de Taos est complètement détruite. Il n'en reste qu'une muraille encore debout, telle une stèle foudroyée. Un camion, probablement bourré d'explosifs, a creusé un impressionnant cratère dans la cour. Il est retourné sur la cabine, estropié, le châssis tordu et le moteur arraché.

J'entre dans le patio ravagé comme on sombre dans la folie. J'ai l'impression d'errer dans les limbes. Je ne suis qu'une ombre parmi les ombres du sinistre... *Taos*... *Taos*... Pris de frénésie, je me mets à écarter les poutres, à soulever les planches, les pierres, à m'écorcher les mains sur les éboulis incandescents...

— Je suis là, chevrote une voix dans mon dos.

Je me retourne, incrédule...

Et elle est là, assise simplement sur le tronc de

160

ce qui fut, quelques instants auparavant, un magnifique caroubier. Elle est là, Taos, saine et sauve, son coffret en cuivre dans les mains.

— Mon père me disait : « Va, Taos, tu es une brave fille. Partout où te conduiront tes pas, ma baraka t'accompagnera. Tu seras comme une houri : Tu verras tous tes ennemis, et aucun d'eux ne te verra. »

C'est alors qu'une douleur atroce fulmine dans ma jambe, et le sol se dérobe sous moi.

Le dirlo s'est mis sur son trente-et-un pour me recevoir. Cravate rieuse sur chemise satinée, costume Pierre Cardin, chaussures croco, tignasse repassée, pommettes rosissantes. Un régal pour les yeux.

Il est content et arbore l'attitude de quelqu'un qui a une excellente nouvelle à annoncer. Dans son enthousiasme débridé, il ne remarque ni la canne sur laquelle je m'appuie, ni ma démarche béquillarde.

Il écarte les bras et crie :

— Quel plaisir de te revoir, Brahim. J'ai cru que tu me boudais.

Sa jubilation est telle qu'on a presque envie de la prendre pour argent comptant.

Il m'invite à me détendre sur le canapé en cuir au pied de l'étendard étoilé — un coin douillet pour visiteurs privilégiés —, s'assoit dans le fauteuil sur le côté. Sa main d'hypocondriaque s'aventure sur mon genou dans des tapes qui se veulent amicales, mais qui demeurent celles d'un patron amadouant une brebis galeuse.

— Bienvenue à bord, commissaire. C'est la fête, dans les quartiers.

— J'ai vu.

Ses prunelles brasillantes m'indisposent.

Il se lève brusquement :

— Thé ou café ?

— Les deux.

Il éclate de rire.

— Tu ne changeras donc jamais ?

— Je risquerais de me prendre pour quelqu'un d'autre.

— Tu as raison... Alors, la tribu ?

— Elle paie le tribut du cosmopolitisme.

Il tique.

Lorsque le dirlo ne saisit pas, il tique. Sa susceptibilité de pistonné le fait douter de ce qui lui échappe.

— Mais elle va rentrer dans ses débours.

— Ah !...

Il n'a toujours pas compris. C'est d'ailleurs là tout son mérite.

Il sonne le planton qui rapplique illico.

— Du thé et du café pour l'enfant prodigue.

Le planton courbe l'échine, soumis et consentant, me gratifie d'une révérence appuyée pour me prouver combien il est heureux de me revoir et s'éclipse dans un friselis.

— Ce brave vieillard d'Azziz, s'émeut le dirlo, il t'estime énormément.

Je consulte significativement ma montre.

Le directeur frappe dans les mains, content, content...

— Tout est bien qui finit bien, n'est-ce pas, Brahim ? Il ne faut jamais perdre espoir.

Le grand mot ! En ai-je eu vraiment ? Je ne le pense pas. J'ai cru en l'espoir, sûrement, assidûment, comme croit la concubine vieillissante au retour de l'amant qui s'en est allé, un soir, chercher des cigarettes et qui n'est jamais plus rentré. Mais je ne suis pas une concubine. J'ai appris à me méfier des carottes philosophales suspendues au-dessus de l'abîme. Il est du pain rassis que l'on distribue aux crève-la-dalle pour leur faire croire que l'on pense à eux. S'il arrive aux charités tapageuses d'élever les faux samaritains au rang du Seigneur, la faim rattrape aussitôt son monde et l'espoir en devient fatalité. Qu'est-ce que l'espoir sinon une défection par euphémisme, un renoncement diapré, une agonie lente et douce dans laquelle s'amenuisent les ultimes chances d'un réel recours, d'une véritable revanche sur sa propre médiocrité ?

— Je ne l'ai jamais perdu, monsieur. On ne risque de perdre que ce que l'on possède.

— Allons, Brahim, ne gâche pas cette splendide journée.

— Elle ne m'appartient pas, elle non plus.

164

Mon amertume le renverse dans le fauteuil. Il s'égare, cherche autour de lui un argument. Sa main panique, n'ose pas s'approcher de mon genou. J'imagine mes lippes tuméfiées de dépit, ma figure fielleuse, et je ne fais rien pour y remédier.

— Je comprends, dit-il avec lassitude. On n'a pas été corrects, avec toi ? On a été ingrats, et perfides. Mais, Brahim, ce n'est pas donné à n'importe qui de discerner entre ce qui est bon, et ce qui ne l'est pas. Slimane Houbel a outrepassé ses prérogatives. C'est un mégalo. Il se croit tout permis, est persuadé qu'il a droit de regard sur ce qui ne le regarde pas. Je tiens à te signaler que beaucoup l'ont désapprouvé. De hauts responsables l'ont sèchement remis à sa place. Bien sûr, il a essayé de se justifier. Il est allé jusqu'à exiger que l'on te traduise devant une commission de discipline, symboliquement, pour dissuader ceux qui seraient tentés de suivre ton exemple. J'ai dit non. Et je n'étais pas seul, crois-moi. Nous avons posé nos conditions : Brahim Llob devra être réhabilité pleinement, et dans ses droits de fonctionnaire, et dans sa vocation de romancier. Et nous avons obtenu gain de cause. Non seulement tu réintègres ton poste, en plus tu es proposé à la Médaille de la police.

J'émets un hoquet dépité.

Cette fois, la main du dirlo s'abat sur ma cuisse, violemment :

165

— Les Inquisiteurs, on les emmerde, Brahim. On n'est plus au Moyen Âge que je sache. Des Algériens sont en train de mourir — et de quelle manière ! — et c'est pas pour permettre à des satrapes d'opérette de nous marcher dessus.

— Monsieur le directeur, l'interromps-je. Je ne vous remercierai jamais assez de votre soutien. Je sais que vous vous êtes donné un mal de chien pour me récupérer, seulement un *d'Erguez*, c'est comme un mousqueton : quand son coup de gueule est parti, c'est parti pour de bon.

— Tu ne vas pas nous faire ça...

— Écoutez, soyons raisonnables une seconde. Je clopine sur mes soixante berges, je deviens vieux jeu, de plus en plus difficile à apprivoiser. J'ai fait mon temps, je dois céder la place. Je suis fatigué de courir après des truands de bas étage alors que les gros salauds se prélassent au-dessus des soupçons. Ça ne m'emballe plus. Je veux rendre le tablier et rentrer chez moi. J'ai des gosses à regarder de plus près, un peu plus qu'avant, une femme à dissocier de la bête de somme, peut-être me ferai-je pardonner de les avoir bradés pour de fallacieuses considérations. Je veux me reposer, monsieur Menouar, me réconcilier avec les choses simples de la vie, m'enfermer dans un bouquin des journées entières et, pourquoi pas, voyager, voir du pays. Je suis désolé, sincèrement. Ce n'est pas l'envie qui me manque, mais le cœur n'y est plus.

Chez nous, dans la montagne des Naït-Wali, quand un cavalier est désarçonné par son cheval, il ne le monte plus jamais.

L'infirmière est très gentille. La nature ne l'a pas gâtée, côté physique, mais elle a un cœur comme un accordéon. C'est une armoire à glace ancien modèle, à peine dépoussiérée de chez l'antiquaire, avec des appendices de graisse qui lui cascadent des épaules jusqu'aux coudes et un visage massif et volontaire. Elle fend la cohue aussi aisément qu'un brise-glace, saluée au passage par des quolibets enrobés de rire.

— Ils vous adorent par ici, lui dis-je.

— C'est réciproque.

— Vous devez être débordés.

— Y a plus assez de place dans les autres centres hospitaliers. On se serre les coudes. C'est pas confortable, mais ça aide à tenir debout.

Le couloir grouille de monde, la plupart victime d'attentats terroristes. Dans une piaule archicomble, un gamin se laisse épater par les tours de passe-passe d'un vieux médecin. Il a un grotesque bandage autour de la tête et une jambe amputée.

Son minois rutile comme une boucle de lumière dans l'aura de gâchis ambiante.

— Ils étaient onze, dans la famille, raconte l'infirmière. Il n'en reste que lui, et pas en entier. En quelques minutes, il a perdu son père, sa mère, ses cinq sœurs et ses trois frères. Tous massacrés. Il a reçu un coup de machette sur la tête et un autre sur le genou et a été laissé pour mort. Il a passé la nuit, trempé dans le sang des siens. Il n'a pas encore articulé une syllabe. On essaie de l'amuser. Il se prête volontiers au jeu, et ce n'est que façade. En réalité, son esprit s'est retiré au plus profond de son être et refuse de remonter.

— Il n'a pas de parents ?

— On cherche...

Un blessé sautillant sur sa prothèse me fait de grands signes.

— Hé ! Commissaire...

L'homme est grand, bien charpenté, la figure tavelée. Il doit avoir la trentaine et en paraît dix de plus. Son œil droit disparaît sous une pommette abîmée. J'essaie de le situer dans mes souvenirs ; en vain. Il se fraie tant bien que mal un passage dans le chaos, visiblement ravi de me rencontrer.

— Tu ne me reconnais pas ? Wahab de Bir Mourad Raïs. J'étais dans l'équipe du lieutenant Chater.

— Ah ! fais-je uniquement pour ne pas le froisser.

Sa main moite s'oublie dans la mienne. Son sourire rétrécit.

— Cocktail Molotov, explique-t-il avec amertume. Avant, quand on disait « la nuit tombée », je faisais pas attention. Pour moi, c'était normal. Maintenant, je sais ce que ça veut dire vraiment. Les nuits tombent, commissaire, comme tombent les hommes. Et ça fait du bruit là-dedans, ajoute-t-il en tapant du doigt sur la tempe. Je vous jure qu'on l'entend résonner nettement... Un soir qu'on patrouillait, notre engin blindé a pris feu et a dégringolé dans le fossé. C'était la nuit qui tombait dans le fossé. C'est difficile à expliquer. Mais je l'ai vécu. Mes collègues sont tombés. Les uns après les autres. Ils n'avaient pas d'autre alternative. Ou sortir se faire arroser, ou périr dans les flammes. Ils ont connu les deux... Alternative, je sais ce que ça veut dire *vraiment*, maintenant. C'est pas une partie de plaisir...

L'infirmière me pince secrètement pour me signifier que le gars est dérangé. Ça me désarme. Je n'ose ni récupérer ma main en train de s'engourdir, ni risquer un mot réconfortant. Le flic n'a pas l'air d'attendre une quelconque compassion. Comme Malika Sobhi, il veut juste que l'on se taise pendant qu'il parle.

— Maintenant, je fais plus attention. Les sens sont plus nuancés. Les mots ont une signification profonde...

— C'est bien, Wahab, intervient l'infirmière. On reparlera de ça plus tard. C'est promis.

Le blessé hoche la tête, convaincu.

— D'accord. On reparlera de ça plus tard. C'est promis ?

— Tu sais que je tiens parole.

— C'est vrai, tu tiens parole.

Il libère ma main, lentement, millimètre par millimètre.

— Wahab de Bir Mourad Raïs, commissaire. Tu t'en souviendras...

— Et comment !

— Tu le mentionneras dans ton bouquin. Wahab, c'était de la dynamite. C'était un baroudeur.

Il se met sur le côté pour nous laisser passer.

Je l'entends se traiter de tous les noms dans mon dos :

— Tu vas arrêter ton cirque, Wahab. Sinon, tu vas devenir cinglé pour de bon. Y a des limites à tout, Wahab. Attention... Arrête de mettre les gens mal à l'aise. Je te le conseille, je te le conseille...

L'infirmière dit :

— Il n'est pas tous les jours dans cet état. C'est des moments. Il fait un complexe de culpabilité. Il a été le seul rescapé de la patrouille.

Nous débouchons sur la cour de l'hôpital. Lino feuillette une revue à l'ombre d'un platane, le derrière sur une chaise et le pied dans le plâtre.

— Il est adorable, me confie l'infirmière. Et marrant. Il a un moral d'acier.

Je la remercie.

Elle m'écrabouille les doigts dans les siens et retourne auprès de ses patients.

Lino referme son magazine, repousse ses lunettes et s'attarde sur ma canne.

— Blessure de guerre ou crotte de chien ?

— Guerre...

— Eh bien, on est quittes. Tu es rentré quand ?

— Hier soir.

Il grimace exagérément pour déplacer sa jambe. Il a bonne mine. On dirait qu'il a mûri, ou est-ce seulement sa jeune moustache qui le fait supposer. Je lui fourrage les cheveux. Il esquive mon geste réducteur. Je sais combien il a horreur qu'on touche à sa coupe inspirée d'une réclame pour produit capillaire, mais j'ai toujours éprouvé un malin plaisir à le faire râler.

— Alors, cette entorse ?

— C'est pas une entorse.

— C'est grave ?

— Le toubib pense que puisqu'on peut apprendre à un singe à conduire un vélo, on a des chances pour enseigner à son descendant à se servir d'une chaise roulante.

Puis, pour me rassurer :

— Rien de bien méchant. Dans quelques semaines, je pourrai shooter sans problème dans le cul d'un pachyderme parlementaire.

— Il faut beaucoup plus que ça pour espérer l'arracher à son siège... Je t'ai apporté du chocolat suisse.

— Merci.

Il repose la tablette sur la table. Son nez se ramollit. Il est inquiet.

Je prends place en face de lui, lis un à un les prénoms de filles gravés dans le plâtre au milieu de dessins et de formules ésotériques.

— Ton tableau de chasse ?

— J'aime bien faire croire que je prends mon pied quand je traîne l'autre.

Il est plus qu'inquiet, Lino, il est malheureux. Je le devine en train de reporter la fatale échéance. Ses efforts sont absurdes, et il le sait. Il a compris dès qu'il m'a vu. Il refuse simplement de regarder les choses en face. Son doigt glisse nerveusement sur sa moustache, s'acharne sur une pustule au coin de la bouche. Un couple de moineaux atterrit près de nous, s'amuse au pied de l'arbre et regagne le ciel dans des voltiges vertigineuses.

Lino se racle la gorge, tergiverse puis :

— Ewegh m'a annoncé une excellente nouvelle... J'espère que tu ne viens pas la foutre en l'air.

— Je suis navré.

Il renverse la tête en arrière. Dans le ciel immaculé, les deux moineaux se rattrapent, se séparent, se pourchassent et se rejoignent dans les lumières éclatantes du jour. Les lèvres de Lino se pincent. Après un silence interminable, il déglutit :

— Je m'en doutais un peu. Quand on a plus d'orgueil que de bon sens...

— De toute façon, il n'y a plus de place ni pour l'un, ni pour l'autre.

Il contemple évasivement le faîte du platane, les murs de l'enceinte, les convalescents musardant à travers la terre brûlée de leurs soucis. Son poing se contracte. À quelques tables, une radio de poche diffuse une musique *hawzi*, encombrant l'air d'une grave mélancolie.

— C'est... sans appel ?

— Ce n'est pas sur un coup de tête, Lino. J'ai réfléchi, épouillé les données sous tous les angles possibles et imaginables...

Son poing s'abat sur l'accoudoir.

— Bordel ! Ça va finir par ressembler à un chenil...

— Ne dis pas ça. Les bons s'en vont, les meilleurs les remplacent...

— Voilà que tu causes comme ces enfoirés de députés...

— ...coute...

— Arrête... s'il te plaît, n'en rajoute pas. Tu as dit ton dernier mot. Ça suffit comme ça, je t'assure.

— Lino...

— Quoi, Lino ? Tu n'as pas à te justifier. Tu as décidé de rendre le tablier, c'est ton droit. Tout le reste n'est qu'hypocrisie. Et puis, qui suis-je, moi, pour faire ton procès ? Qui suis-je donc, tu peux me le dire ? Tu as tes raisons, ça va de soi. Tu es libre d'en disposer comme tu l'entends. Seulement, il serait plus juste de les garder pour toi, tu ne trouves pas ? Ce serait plus honnête, équitable... Les autres, ils en ont rien à cirer. Les autres, ça ne doit pas compter.

Il glisse la béquille sous l'aisselle, refuse sèchement mon aide et se lève. Sa bouche vibre. Il se rend compte que les mots ne sont pas à la hauteur de ses ressentiments, renonce à me les balancer à la figure. Il m'en veut tellement qu'il feint d'oublier le chocolat suisse que j'avais acheté pour lui. Pas une fois il ne s'est retourné pendant qu'il s'éloigne vers un grand portail au fond de la cour.

Ils sont tous là : les amis, les sympathisants, les catégoriques, les protestants... Ils se coudoient ferme pour être aux premières loges, certains pour se rincer l'œil, d'autres pour damer le pion aux absents. La grande salle de conférence, au sous-sol du Central, en pullule. Le moment est historique. On va assister à la démythification d'une légende, la mise sous scellés d'une grande gueule, la révocation tant attendue d'un commissaire de police indélicat et récidiviste.

Même Haj Garne est là. Ça lui coûte de se soustraire à son caravansérail hanté de gouines hurleuses et de pédales insatiables, mais il est venu. Pour rien au monde il ne raterait ça. Il lisse sournoisement son museau effilé, passe et repasse sa langue glauque pour lubrifier son sourire d'aspic. Il est aux anges, ce qui constitue une performance anthologique pour un vieux démon habitué aux abysses pestilentiels des caniveaux.

Il a frémi d'un orgasme tellurique lorsque je l'ai localisé.

À côté de lui, Sofiane Malek vacille de bonheur. Cette chère pourriture de Sofiane, neveu adulé de Ghoul[1] ; un parano dégrossi qui se shoote à l'insuline, toujours à desserrer une cravate imaginaire depuis qu'il a raté son suicide juvénile en se pendant à un plafonnier vétuste. Il est venu, lui aussi, voir de ses propres yeux la destitution officielle du flic le plus décrié de la ville, quitte à en crever d'une hyperglycémie. Ses narines battent au fur et à mesure que je m'approche. Ses lèvres me broient, me maudissent. Ses yeux exorbités me sanglent de partout, aussi féroces qu'une tunique de Nessos. En cet instant précis, il voudrait être la foudre déchaînée du ciel, la rage dévastatrice d'un mutant qui se croyait largement en mesure de mettre les dieux à genoux avant qu'un vulgaire poulet de rôtisserie ne vienne effeuiller son olympe comme un château de cartes.

— Tu es bon pour le musée, vieille peau ! me souffle-t-il à bout portant.

— Je suis bien là où je suis, lui répliqué-je : dans *ton* cauchemar. Je passerai toutes les nuits tourmenter ton sommeil. Ce sera tellement l'horreur que tu voudras plus fermer l'œil.

— C'est ce qu'on va voir, l'*ex*.

— Le plus tôt sera le mieux.

Nous nous empoignons par le bout des cils, nez contre nez, haleine contre haleine. Son rictus se

1. Voir *Morituri*.

racornit et des tics effrénés se déclenchent à travers son visage de coureur de tripots.

— On ne cause pas aux macchabées, voyons, le calme Haj Garne.

— Exact, reconnaît Sofiane à deux doigts d'imploser. Les charognes, on leur pisse dessus pour les rafraîchir.

Je poursuis mon chemin, un arrière-goût nauséeux sur le bout de la langue.

Dans l'assistance, je décèle des visages alliés. Ils sont émus. Je ne suis plus seul. Ewegh est debout à l'extrémité de la première rangée, raide, le menton droit. Il fixe la tribune, altier et taciturne, pareil à un varan enfaîtant sa barkhane[1]. À sa droite, Lino arbore ce qu'il lui reste de dignité. Son faux Yves Saint-Laurent grenat le prononce au milieu de la promiscuité. Débarrassé de son plâtre, il a l'air de vouloir botter le derrière au monde entier. Il pivote discrètement la tête dans ma direction, se détourne aussitôt, mais pas assez vite pour cacher la lueur chancelante dans ses prunelles. Baya, ma secrétaire, se débrouille pour se recroqueviller dans son mouchoir, le nez rougi. Je lui expédie un clin d'œil censé la revigorer ; raté. Ses épaules se ramassent convulsivement, et elle se remet à sangloter.

Omar Rih m'accueille au pied de l'échafaud. C'est lui qui s'occupe du protocole. Un type char-

1. Barkhane : dune en forme de croissant.

mant, affublé d'un sens exagéré de la prévenance. Vous lui demandez un verre d'eau, il vous ramènerait la source dans son poing. Vous lui conseillez de garder son sang-froid, il graviterait sans coup férir autour d'une hypothermie.

Il me serre chaleureusement la main et m'invite à grimper sur l'estrade.

Mourad Smaïl n'a pas la moindre petite grimace pour ma personne. Son rang et sa fortune personnelle le dispensent de s'intéresser au lampiste, je présume. Il est le patron des polices. Son nom est un traumatisme. Là où il est annoncé, c'est la pénurie systématique de tranquillisants. Haï comme la guigne, craint comme c'est pas possible. Jamais content. Sempiternellement à étriller ses courtisans et à chercher des poux aux chauves sous prétexte que les idées trop claires ne sont pas forcément transparentes. Un mégalomane d'une incommensurable ignominie, parti de rien — plus exactement d'un bureau insalubre pour sous-fifre souffreteux en instance de réforme — et qui se retrouve, par la grâce d'on ne sait quelque esprit malin, le mentor dûment mandaté d'une formidable armada qu'il fait marcher à la trique comme s'il s'agissait d'un bétail familial.

Mon vénéré père, cadi de son état et philosophe averti, disait : « Il n'y a pas pire tyran qu'un videur de crachoirs devenu sultan. » J'aurais dû l'écouter plus longtemps.

Mourad Smaïl n'est pas seul sur la tribune,

même s'il ne serait pas indiqué de le signaler.
— Lorsque Mourad Smaïl est quelque part, c'est
à peine s'il consentirait à laisser un peu de place à
Dieu le Père... Il est encadré par une bande de
Bouddha repus, strictement réduite au stade de la
figuration, et qui en abusent pour somnoler un
coup, les paupières quasiment sur les lèvres, les
mains solennellement sur la panse, ce qui donne à
leur ascèse affectée cette nonchalance post-diges-
tive si chère aux rois fainéants.

Un peu en retrait, remis à sa place de carpette,
Hadi Salem se veut copie conforme du boss. Il renifle lorsque ce dernier se mouche, se gratte sous
le col de la même façon que lui et veille religieusement à ce qu'aucun de ses faits et gestes ne dé-
passe ou fausse ceux de l'énormité devant lui.

Omar Rih me présente une chaise, au bout du
banquet. Le dirlo glisse la main sous la table pour
me peloter amicalement. Pour vivre heureux, il
faut vivre caché. Le dirlo se cache pour durer.

Mourad Smaïl lampe dans un verre d'eau minérale — derrière, Hadi Salem déglutit —, assène
deux chiquenaudes sur le micro. Le brouhaha s'at-
ténue. Ceux qui sont devant se retournent vers
ceux qui sont derrière pour les prier de la mettre
en veilleuse. On se tait au fond. Une mouche se
met à zézayer dans le silence.

— Bon, barrit Mourad Smaïl tout de go. Les
fanfares, c'est pas mon dada, les discours chan-

180

tants non plus. *Moi*, je suis franc. Je vais droit au but : je suis déçu !...

Autour de lui, les Bouddha secouent une tête contrite.

— Il m'est particulièrement désagréable de dire adieu à un collègue à un moment où la situation sécuritaire recommande impérativement la mobilisation de tous.

Quelques grognements protestent sourdement au fond de la salle, rapidement résorbés par les « chut ! » indignés des premiers rangs.

Mourad Smaïl s'essuie les lippes dans un Kleenex en balayant les foyers insolents d'un œil menaçant. Le calme revient. Et la mouche aussi.

— Je ne suis pas un diplomate, tonne-t-il. J'ai été élevé dans la rudesse et l'intransigeance. Ça laisse des séquelles, mais ça forge un homme. Je suis comme ça, *moi*, précise-t-il en fendant l'air d'un couperet invisible.

Aux premiers rangs, les gorges se dessèchent et les cous disparaissent dans les épaules.

— On n'abandonne pas le train en marche sans risquer de laisser une partie de la figure sur le ballast. Le commissaire Llob le sait. C'est pourquoi il n'attend pas d'éloges de ma part.

Je suis sidéré.

Ce qui frappe le plus, chez cet amas de graisse et d'arrogance morbide, ce n'est pas l'autorité incroyable qu'il dégage, ni l'assurance désarmante que lui procure la baraka traditionnelle dont bénéficient les ogres de son acabit ; ce qui frappe d'emblée, c'est son visage jamais effleuré par l'ombre d'un doute ou d'un regret, un faciès inspiré d'un totem, le front plus proéminent que le goitre qui s'étage dans son cou, frappé de deux yeux néantisants et d'une bouche absolument monstrueuse ; un visage-catalyseur où se rejoignent les forces combinées du Mal et le besoin maladif de l'exercer comme si l'unique façon de se mettre en évidence était de terroriser son monde avant de le dissoudre sous un jet de crachat.

— Le commissaire Llob nous quitte. C'est déplorable. Et ce n'est pas la fin du monde. L'Algérie n'est pas *ménopausable*. Heureusement, heureusement, Dieu merci.

Il observe une pause, chasse une mouche, boude son verre d'eau. En face, les fronts transpirent, les yeux fuient.

— Je ne tiens pas à m'attarder sur sa carrière. Nous sommes payés pour nous acquitter de notre boulot. Personne n'attend de nous de la charité. J'estime que chacun est conscient de ce qu'il fait. Chacun est responsable devant ses collègues, et devant l'Histoire.

La patrie reconnaîtra les siens. Point, à la ligne... Je saisis l'occasion que m'offre cette collation pour rappeler à ceux qui ont un peu tendance à l'oublier que la guerre n'est pas finie et que ce n'est pas en se débinant qu'on a des chances de l'emporter...

Les Bouddha dodelinent de la tête, pieusement.

— Le commissaire n'a plus vingt ans. Il n'est pas le seul, d'ailleurs. Il a jugé opportun de se retirer de la compétition. C'est son droit. Il a ses raisons, d'autres trouveront qu'il a tort. Dans les deux cas de figure, ça n'incombe qu'à lui... Pour *en finir*, je ne lui dis pas bonne chance. La chance, il vient d'y renoncer. Je lui souhaite bien du courage, car la retraite n'est pas une sinécure pour celui qui traîne des fantômes derrière lui...

Il avale une gorgée d'eau et dit :

— Monsieur Menouar, à vous. Et tâchez d'être bref, s'il vous plaît.

Le dirlo est pâle. Il ne s'attendait pas à une sortie aussi bâclée et expéditive. Pris de court, le discours qu'il a fignolé sur trois feuillets de luxe lui paraît tout à coup improbable, moins fiable qu'une formule d'alchimiste.

— S'il vous plaît, monsieur Menouar, s'impatiente Mourad Smaïl.

Le dirlo relève difficilement de sa catalepsie. Il titube jusqu'au pupitre, tripote gauchement le micro avant que Omar Rih vienne à la rescousse. Il s'emberlificote encore en quête d'un mouchoir introuvable, laisse tomber, s'intéresse à ses feuillets devenus encombrants et inutiles. L'étau du silence s'accentue, l'agace. Il se racle la gorge pour chasser un chat récalcitrant, respire, respire et lâche d'une voix flageolante :

— Monsieur le directeur général des Polices a

183

raison de ne pas s'attarder sur la carrière du commissaire Llob. Logiquement, cette tâche, aussi ingrate soit-elle, est de mon ressort.

Le souffle lui manque. Il cafouille, se concentre, va au plus profond de son être puiser la sève d'un courage auquel il avait renoncé depuis des années afin de ne pas exaspérer la susceptibilité d'une hiérarchie habituée à la soumission rampante et au mutisme vital de la valetaille. Le dirlo est conscient des périls qu'il encourt. Je le devine en train de gravir douloureusement la pente de son supplice, son rocher de Sisyphe devant lui, mais il s'accroche et monte, cran par cran, le mont des incertitudes. Le front en sueur, la gorge aride, il cherche ses mots dans la tempête. Ses mains sont moites à force d'étreindre l'attention générale, ses veines craquent sous le poids des regards. Il respire encore, et encore, lève les yeux sur l'assistance, les déporte sur moi. Je lui souris, et, par enchantement, il se délivre des serres cuisantes de la peur et dit :

— Il est extrêmement prétentieux de juger les autres. Encore faut-il les égaler, mériter de les diriger, mériter leur obéissance et leur confiance ; être le chef suppose avoir quelque chose de plus sur les autres, de la sagesse peut-être, plus de dévouement et de perspicacité ; quelque chose de positivement supérieur qui justifierait leur consentement à exécuter les instructions les plus tordues, à ne pas rouspéter, à tolérer certains dépassements de la part de quelqu'un que le règlement et les conventions auront tabouisé. Avec Brahim, ça n'a pas été chose aisée. Je l'ai commandé durant une bonne dizaine d'années, et nos relations n'ont pas été de tout repos. Nous nous sommes engueulés jusqu'à extinction des voix, nous nous sommes boudés à maintes reprises. Les cheveux blancs dans ma tête, c'est à lui que je les dois. Je me suis fait savonner à cause de lui. Et que reste-t-il de tout ça ?... Un discours d'adieu que je dois improviser dans le tas puisque celui que j'avais préparé la veille se fane déjà... Que dire du commissaire Llob, maintenant, à chaud, avec ce que ça risque d'entraîner comme maladresse et propos par endroits désabusés ? Les mots seront-ils à la hauteur des faits ? J'en doute... Aussi je vous saurais gré de me pardonner si, moi aussi, je n'étais pas à la hauteur de l'instant... Brahim a-t-il été un bon policier ? Je crois que oui. Un subordonné difficile, mais un excellent policier. Avait-il raison de privilégier l'un au détriment de l'autre, avait-il tort ? Une chose est sûre : il obéissait à sa conscience, et ce n'est pas donné. Dans une Algérie qui se cherchait désespérément, parmi les angles morts et les feux de la rampe, alors que chacun s'enrageait à se frayer une place au soleil, Brahim marchait droit. Les tentations alléchantes, le profit, la facilité ne l'ont jamais rattrapé. Ils ne lui pardonneront jamais, non plus. Brahim maintenait le cap sur ce qu'il estimait être loyal, juste ; le reste lui importait peu. Il s'était tracé une feuille de route dès le départ, et il s'y est conformé sa vie entière, avec courage et abnégation. Aujourd'hui, il n'en a aucun regret. Il a *réussi*. Il est au diapason avec sa conscience, ce qui n'est pas, hélas ! le cas de bon nombre d'entre nous... Que dire d'un homme qui a embrassé une carrière dans l'Ordre pour être le partisan de l'ordre, qui a cru de toutes ses forces en la justice et en l'équité et qui a cravaché dur pour en être le digne serviteur tandis que certains s'en servaient sans vergogne au mépris des règles élémentaires des convenances ?... Rien. On ne dit rien. On se tait et on observe. La pudeur veut que l'on se taise devant la droiture. Surtout lorsqu'elle nous fait défaut.

Il se retourne vers moi, me regarde intensément. Ses yeux miroitent, et les feuillets se froissent dans sa main tourmentée :

— Brahim, mon ami, s'il y a quelqu'un qui mérite d'être Flic, avec une majuscule haute comme une stèle, c'est bien toi.

Le fond de la salle s'ébranle dans des ovations assourdissantes. L'euphorie se propage progressivement vers les premiers rangs, gagne telle une marée la tribune. L'un des Bouddha se lève brusquement en applaudissant à s'écorcher les paumes. Les unes après les autres, les rangées se mettent debout dans la salle retentissante de clameurs. Lino donne un coup dans le rein d'Ewegh pour le *réveiller*, m'envoie un clin d'œil.

Le youyou de Baya fuse, net comme un jet d'eau. Le directeur m'ouvre les bras, malgré l'attitude renfrognée de Mourad Smaïl. Je me lève et vais nous enlacer dans le délire de la salle.

— Merci, bredouillé-je, merci. Ça me touche profondément.

*

Après la cérémonie, le lieutenant Chater et son groupe de Ninja-DZ ont tenu à prendre des photos souvenirs avec moi dans la cour du Central. D'autres compagnons d'armes nous y rejoignent pour me féliciter et me réconforter. Le capitaine Berrah[1], de l'Observatoire des Bureaux de Sécurité, qui avait raté le clou du spectacle à cause d'une défaillance mécanique, me rattrape au moment où je m'apprêtais à prendre congé. Sa face de raie s'abrite derrière des lunettes de soleil, ce qui me rassure. L'empreinte d'Ewegh est en passe de devenir une lointaine fausse manœuvre puisque le nez aplati commence à se reconstituer. Lui aussi prend des photos avec moi d'abord, ensuite au milieu de Lino et du Tergui, enterrant ainsi une rancune inutile.

L'inspecteur Bliss s'amène sur la pointe des pieds, le sourire imprécis. Il attend patiemment

1. Voir *Double blanc*, Éditions Baleine, 1997, Folio Policier n° 148.

que le photographe ait rangé son attirail avant de se camper devant moi. Sa main de rongeur tripatouille un pin's frappé aux couleurs nationales sur le col de sa veste.

— Je me demande sur qui je vais devoir me rabattre maintenant que tu me files entre les doigts, *commissaire*.

C'est la première fois qu'il m'appelle comme ça. Il est ému.

— Tu étais mon sujet de délation préféré, ajoute-t-il, la gorge lézardée.

Il décroche le pin's d'une main fiévreuse et l'épingle sur ma poitrine.

— Mon fils me l'a offert un 5 juillet. Aujourd'hui, je te l'offre. Je n'occupe pas une place de choix dans ton cœur. Je me contenterai d'un centimètre carré sur ta veste. C'est assez pour me rendre heureux, je t'assure.

Il pose ses mains sur mes épaules, m'embrasse furtivement.

— Tu vas me manquer.

Et il s'enfuit, incapable de contenir son émotion.

Pendant qu'il s'éloigne tristement dans la cohue, je me demande si, finalement, les inimitiés ne seraient qu'un vulgaire malentendu, un malencontreux problème de communication.

Lino me propose de poursuivre la fête au Rimmel, un restaurant huppé sur le littoral. Je lui explique combien j'ai besoin de traîner la savate

dans les rues. La journée est splendide, et un tête-
à-tête avec mon ombre me ferait du bien. Il n'insiste pas et me promet de passer me voir, chez
moi, dans la soirée.

— Tâche de ne pas te soûler avant.

— J'essaierai...

Je suis parti, par une petite porte dissimulée
sous une chute de lierre, récupérer ma voiture
dans le parking et j'ai roulé au hasard des tour-
nants toute la matinée. À midi, je me suis retiré
dans un bistrot, au pied du Maqam. J'ai dévoré
trois sandwiches aux merguez, fumé une bonne
demi-douzaine de cigarettes, puis je suis allé prendre un café bien dosé sur la terrasse de l'Oasis, à
l'ombre d'un parasol aux couleurs de l'arc-en-ciel.

Vers quinze heures, je suis retourné sur la Mou-
tonnière observer une bande de clodos en train de
se chamailler. Leurs protestations inintelligibles
gerbaient au milieu des vagues avant de s'effran-
ger au large, absorbées par la rumeur méditerra-
néenne. La mer est en transe. Elle lance ses trou-
pes à l'assaut du rivage, s'applique à émietter les
rochers, va et vient dans une gesticulation qui ne
trompe personne. Un de ces quatre, je m'achèterai
des cannes à pêche et j'irai sur le vieil appontement piéger le poisson. Je mettrai un chapeau
pour me protéger du soleil et deviserai avec mes
gosses la journée entière. Mina me regardera in-
lassablement lancer mes hameçons le plus loin
possible ; chacun de mes gestes aura, à ses yeux,

l'élan de toutes les prouesses. Ensuite, nous irons sur la plage griller le menu fretin. Le soir aura beaucoup de peine à nous arracher à nos rêveries.

Un passant me demande l'heure. Bizarrement, ma montre s'est arrêtée à quinze heures trente-cinq. Je jette ma veste par-dessus l'épaule et remonte sur la ville. J'ai longé le Front de mer, traversé Bab El-Oued, la Casbah pour revenir ranger ma voiture place des Martyrs. En quête de je ne sais quoi. Alger, quelquefois, c'est comme une chambre noire. Un rai de lumière pourrait tout gâcher. Je me suis souvenu de Serdj, décapité dans un faux barrage sur une route reniée ; me suis souvenu de son moutard qui courait après une roue de bicyclette sans comprendre pourquoi il y avait tant de gens à la maison. Au détour d'un soupir, un bar sinistré me propose ses murailles en ruine. Bombe artisanale. Une école me rappelle qu'on a tiré sur des écoliers à peine plus hauts que trois pommes. Une porte cochère me raconte l'histoire de ce jeune appelé qui ne connaîtra pas les joies de la quille. Que de drames sur mon chemin, que de graves malentendus...

Je me souviens, la première fois que j'ai foulé le bitume d'Alger, c'était un vendredi. Le car brinquebalant, qui me *prélevait* d'Igidher via Ghardaïa, s'était rangé place du 1er-Mai au moment où le muezzin lançait l'appel du *Dohr*. J'avais laissé ma valise sur le pas de la mosquée. Après la prière, ma valise était toujours là, à peine poussée sur le côté pour dégager l'accès à la salle. C'était en 1967, une époque où l'on pouvait passer la nuit là où elle nous surprenait sans craindre pour sa bourse, encore moins pour sa vie.

Ce vendredi-là, le printemps se surpassait. Les balcons fleurissaient et les filles, entoilées d'oriflammes lactescentes, sentaient chacune un pré. C'était le temps où le hasard faisait les choses en s'inspirant des jours que Dieu faisait — des jours heureux. Les rues me promenaient à travers leur bonheur, étalaient devant moi drugstores, vitrines, barbecues, squares ; et moi, péquenot déluré, engoncé dans mon costume Tergal à larges rayures, qui rappelait la tunique des forçats, le col de la chemise raide par-dessus celui de la veste, je me pavanais des heures durant, fier de mon ceinturon cow-boy que bouclait un énorme médaillon frappé de deux Winchester argentées. J'avais le coup de foudre pour le moindre sourire, pour chaque prénom de femme. Avec ma petite gueule de zazou rural et mes galons d'inspecteur fraîchement promu, je m'apprêtais à conquérir les cœurs et les esprits. J'avais vingt-huit ans et autant de raisons de croire que le bled m'appartenait.

Et un jour, alors que je me proclamais l'amant de la ville entière, j'ai rencontré Mina. Chez un teinturier, au fin fond de la Casbah. J'étais venu emprunter une cravate pour mon samedi soir. Elle attendait de récupérer le burnous de son père. Ce fut un instant magique, d'une extrême intensité.

Séquestrée dans son voile blanc, effarouchée par mes œillades de dévoyé, elle tentait de me repousser du regard, comme se devaient de le faire les filles de bonne famille. Mais Mina n'avait pas de regard ; elle avait des yeux immenses qui n'en finissaient pas d'ensorceler. Depuis, que se lève l'aurore, que flamboie une féerie, ce sont ces yeux-là que je revois, beaux au point de me convaincre que l'amour pour une femme magnifiait, à lui tout seul, l'amour du monde entier.

Et qu'en reste-t-il, d'Alger d'antan, aujourd'hui ?...

L'Histoire retiendra de la tragédie algérienne la dérive d'un peuple qui a la manie de toujours se gourer de gourou, et l'opportunité d'une bande de singes qui, à défaut d'arbre généalogique, a pris le pli de s'improviser des arbres à pain et des gibets dans un pays qui aura excellé dans son statut d'État second.

Il était vingt et une heures dix lorsque le lieute-nant Lino est arrivé, rue des Frères-Mostefaï. Les trottoirs étaient noirs de monde. Les gyrophares des voitures de police tournoyaient lentement dans la nuit, faisant courir leur lumière bleue sur la façade des immeubles. Aux balcons, des familles regardent l'agitation en bas, dans un silence inte-nable.

— Qu'est-ce que c'est encore ? grogne Lino en rangeant nerveusement sa voiture sur le côté.

Un agent lui fait signe de rebrousser chemin. Lino lui montre sa plaque.

— Qu'est-ce qui se passe ?

Sans attendre de réponse, il descend de la voi-ture, marche vers la foule, se dépêche au fur et à mesure qu'il s'approche du lieu du drame avant de se mettre à courir, le cœur sur le point d'exploser.

Il écarte les badauds, les bouscule, se fraie un passage jusque devant l'immeuble 51. Le spectacle sur lequel il débouche lui coupe le souffle.

— C'est pas vrai, fait Lino incrédule tandis que le sol menace de se dérober sous lui.

L'homme gisant par terre est le commissaire Llob. Il a les yeux révulsés, la bouche figée dans un bâillement et la poitrine horriblement déchiquetée.

Lino patillonne autour de lui, s'appuie contre le mur pour ne pas s'écrouler. Ses jambes cèdent ; il retombe au ralenti sur son séant, se prend la tête à deux mains et s'affaisse contre ses genoux.

Il entend vaguement quelqu'un raconter :

— On a tiré à partir d'une voiture qui roulait dans ce sens. Ils ont carrément vidé leurs chargeurs sur lui. Ils ne lui ont laissé aucune chance.

DU MÊME AUTEUR

PARUTIONS FOLIO POLICIER

Composition Nord Compo.
Impression Société Nouvelle Firmin-Didot
à Mesnil-sur-l'Estrée, le 9 juin 2000.
Dépôt légal : juin 2000.
Numéro d'imprimeur : 51696.

ISBN 2-07-040968-6/Imprimé en France.